Versteckberge

Zarza-Raben

Muchachos   Großes Versteck

Caldera Taburiente

Time

Cumbrecita

Bejenado

Santa Cruz de la Palma

Cumbre Nueva

Regenbogenberge

El Paso

Los Llanos

Aridane – Ebene

1949   Birigoyo

Las Manchas

1585

Tamanca

Cumbre Vieja

Feuerberge

10 km

Erläuterung nächste Seite

Erläuterung zum Bild auf Seite 1:

Karte von La Palma mit den Lokalnamen der Menschen- und der Rabensprache, die in der Geschichte vorkommen.

Menschensprache: Violett die jungen, historischen Vulkane der Cumbre Vieja. Gelbe Pfeile kennzeichnen das Gebiet, in dem die Bergflanke der Cumbre Nueva nach Westen ins Meer abgerutscht ist (vor 560.000 Jahren). Die Rutschfläche bildet eine erste Aridane-Ebene. Auf ihr breitete sich der Bejenado-Vulkan aus (vor etwa 500.000 Jahren). Nur im nördlichsten Teil der Rutschfläche, zwischen ihrem Nordende und dem Bejenado-Vulkan, wurde der Taburiente-Kessel durch reiche Quellen und deren Bäche ausgeräumt. Diese Ausräumung (Erosion) setzt sich bis heute fort. Die heutige Aridane-Ebene wurde also auf den Bereich südlich des Bejenado-Vulkans verkleinert und bildet bis heute die fruchtbarste Fläche der Insel.

Rabensprache: Grün die Familien der Tamanca-, Time- und Zarza-Raben, wie sie sich nennen, rot ihre Landschaftsnamen.

Impressum:
© 2018 Wolfgang Schirmer (schirmer@uni-duesseldorf.de)
Umschlagbilder vorn: Kolkrabe. Hinten: La Palma am Abend (Wolfgang Schirmer)
Umschlaggestaltung, Bilder und Zeichnungen: © Wolfgang Schirmer
Layout Buchblock: Wolfgang Schirmer

Verlag und Druck: tredition GmbH, Halenreie 40–44, 22359 Hamburg

ISBN Paperback: 978-3-7439-8712-8
ISBN Hardcover   978-3-7439-8713-5
ISBN e-Book   978-3-7439-8714-2

Bibliografische Information der Deutschen Nationalbibliothek: Die Deutsche Nationalbibliothek verzeichnet diese Publikation in der Deutschen Nationalbibliografie; detaillierte bibliografische Daten sind im Internet über http://dnb.d-nb.de abrufbar.

Wolfgang Schirmer

Cuervo –
der Rabe von La Palma

Fantaselle

www.tredition.de

Für meine Enkel
Leo und Tim

Der Himmel wurde ganz gelb. Nur im Nordwesten war noch Blau zu sehen. Wir blickten fasziniert nach oben. Kalíma, der afrikanische Wüstenwind — der sandbeladene. Eigentlich liebten wir ihn. Es wurde angenehm warm. Der heftige Passat, ein feuchter Wind, der am häufigsten auf den Kanarischen Inseln weht, wurde für einige Tage verbannt. Der Wechsel zwischen dem feuchten, fruchtbaren Meereswind und dem staubigen Wüstenwind ist für einen Mitteleuropäer ein begeisterndes Klimaerlebnis.

Doch plötzlich kam die Durchsage aus der Flughalle in Santa Cruz, der Inselhauptstadt, dass ein Abheben der Flieger derzeit nicht möglich sei: Die Staubdichte sei zu hoch. Es gäbe vorerst eine Wartezeit von drei Stunden.

Sine jammerte: „Mensch, der ganze Zeitplan dahin. Wir wrden doch in Wien abgeholt."

„Lass uns dareinfinden", beruhigte Guindo, „wir finden Lösungen. Wir können so und so nichts ändern."

„Wir könnten solange in die nahe Fischerkneipe gehen", riet Marton, der sich Sine und Guindo vorhin angeschlossen hatte.

„Hier", rief Sine, „ist eine gemütliche Ecke mit fünf Plätzen, drei für uns und zwei für unser Handgepäck." Sie rückten gemütlich zusammen. Da saßen sie nun, mit viel, viel Zeit. Nun, in der Auszeit des Urlaubs soll man sich ja viel Zeit erlauben. Das erholt, und man findet am besten zu sich selbst. Aber im Geiste waren sie ja schon auf der Heimreise.

„Also — vergessen wir die Heimreise noch einmal", beschwichtigte Guindo, „und lassen wir unser Gemüt wieder zurückkehren in die Auszeit."

Marton meinte, mit einer schönen Geschichte wäre die Zeit doch am besten gefüllt.

„Guindo", stieß Sine ihn an, „du weißt doch immer was Interessantes aus unserem Lebensschatz."

„O.k.", meint Guindo zögernd, „ich überlege. Aber erst lass uns Getränke bestellen."

Bier, Stilles Wasser, Rotwein. „Prost." Um die gemütliche Ecke ist es still. Guindo schmunzelt.

„Komm, leg los, Guindo", ermuntert Sine, „ich seh deinem Gesicht an, da braut sich in dir schon was zusammen." —

Guindo atmete einmal tief durch, lächelte in die Runde und hub an zu erzählen: „Ja, Marton: Sine und ich erlebten die Insel La Palma diesmal von ganz neuer Seite":

Maulbeerkuchen fürs Erste

Wir saßen ganz im Inselsüden auf steinigem Wegrand. Plötzlich raschelte etwas um uns herum. Wir dachten erst, es sei ein Mensch und sahen uns nach allen Seiten um. Da hüpfte doch ein großer schwarzer Vogel um uns.

„Wie heißt du denn?", fragte ich ihn. Er guckte aufmerksam, als wolle er sagen: Das verrat ich dir nicht. Er hüpfte beiseite, tat so, als ob ihn die Landschaft interessieren würde, kam aber alsbald wieder und fing an, an unseren abgelegten Kleidern zu zerren.

„Ah", lachte ich, „der hat's auf unser Essen abgesehen."

„Der arme Kerl ist hungrig", bemerkte Sine besorgt. „Willst du Thunfisch, Nudeln oder Gurken?" fragte sie ihn.

Wir öffneten unsere Vesperdosen mit Thunfisch-Gurken-Nudelsalat. Er guckte neugierig. Wir warfen ihm ein Gurkenstück hin. Er drehte es hin und her, her und hin, fraß es schließlich, aber mehr gelangweilt als gierig, und guckte weiter auf die Dose. Eine Nudel verschlang er schon schneller. Aber nach einem Bröckchen Thunfisch wurde die Dose zum interessantesten Objekt seiner Umgebung.

Dann begannen *wir* mit dem Essen. Er schien zu akzeptieren, dass wir auch hungrig waren, bedauerte uns wohl, dass wir keinen Schnabel zum Picken hatten und uns mit einem Instrument, wie einer Gabel, behelfen mussten. Die Menschen brauchen also eine Prothese, um Essen zu können, mag er gedacht haben; und viel mehr: Was sind wir da für hochentwickelte Wesen. Wir können fliegen, picken, brauchen keine Jacken anziehen, wieder ausziehen und wieder anziehen, brauchen nicht aus Flaschen trinken und uns nicht sonnencremen. Das alles hatte er bei den Menschen beobachtet. Wir Raben können einfach so sein, wie wir von Geburt an ausgestattet sind, werden uralt und haben eine uralte Erfahrung. Oh, ihr Menschen, was seid ihr doch arm! So mag er gedacht haben, als er uns nachdenklich beim Essen zusah.

„Wir haben ja noch Kuchen im Rucksack", sagte Sine. Sie wusste, wie wichtig der süße Abschluss für mich war. „Guck, das ist der Maulbeerkuchen aus dem schönen Ort El Paso; den hast du dir doch heute ausgesucht". Hatten wir noch nie gegessen. Maulbeeren bilden darin schwarzrote Flecken im Kuchenteig. Genauso wie Schwarzbeeren — oder Blaubeeren oder besser Heidelbeeren — die Beeren mit deutschlandweit verschiedenen Namen. Daran haben die Beeren selbst Schuld: Wie heißt

Maulbeerkuchen

es doch bei den Schwarzbeeren: Wenn sie grün sind, sind sie rot, wenn sie reif sind, sind sie blau.

Mit den Maulbeeren (siehe Bild) geht es genauso: Wenn sie grün sind (also unreif), sind sie rot, wenn sie reif sind, werden sie schwarz. Spanisch heißen sie Mora, und verkleckern genauso Haut und Kleider wie die Schwarzbeeren. Ähnlich denen sind sie verdammt gut. Und nicht nur den palmerischen rotschnabeligen Krähen, den Grajas[1], sind sie Lieblingsspeise, sondern auch den dortigen Raben.

Ja, unser Rabe, der schien die Maulbeeren im Kuchen sofort erkannt zu haben, hüpfte Sine auf die Beine und übte heftige

---

[1] span. grajas, Graja piquirroja, sprich „Gracha pikirrocha". Wissenschaftlich: Pyrrhocorax pyrrhocorax barbarus.

Hackbewegungen Richtung Maulbeerkuchen aus, die uns klarmachten, was für ihn Sache sei. Selbstverständlich teilten wir auch unseren Nachtisch mit ihm. Für uns drei war der natürlich viel zu wenig. Aber das neue dreimündige Interesse an unserem Proviant konnten wir ja nicht wissen.

Nicht wissen konnte auch unser neuer Freund, was und wieviel wir noch bei uns hatten, besonders, dass wir nichts mehr zu futtern hatten, außer einer einsamen Weintraubenbeere, die sich irgendwo verkrümelt hatte. Aber er wollte es selbst wissen,

zerrte und hackte an Kleidern, Rucksack und Schuhen. Nicht dass er nicht gewusst hätte, dass das nicht fressbar sei; vielmehr, um uns zu zeigen, wie schmackhaft alles gewesen war, und dass er noch viel mehr davon verknuspern könnte. Bald hatte ich ihnin einheimischem Spanisch **Cuërvo** genannt.

Jetzt hatten wir Cuervo adoptiert. Er hüpfte ständig um uns. Wir sprachen davon, dass ich wegen einer schmerzenden Achillessehne nicht viel laufen kann und schon gar nicht hoch hinauf zu den Vulkankratern, die seit 8000 Jahren die Cumbre Vieja[2] zieren (Karte Seite 1). Eine tolle Landschaft ist das, mit abgerundeten weichen Vulkanformen.

Cuervo hörte uns offenbar aufmerksam zu bei all seinen bewegten Tänzen um uns herum. Dazwischen stand er wieder still und schien nachzudenken. Plötzlich redete er auf uns ein. Er bewegte den Schnabel und stieß Laute hervor, als wolle er uns nachahmen.

„Was sagst du da", fragte ich ihn. Er fuhr fort, wiederholte, wiederholte und machte Gesten dabei, als wolle er uns von etwas überzeugen. Sine sagte: „Gib mal acht, ich glaub, ich versteh ihn bald." Fliegt doch, fliegt doch mit mir, glaubten wir zu verstehen. Wir spaßten und sagten „Ja" und schickten uns an, die Rucksäcke zu packen und unseren Weg fortzusetzen.

Da hüpfte er fünf Meter von uns weg abseits des Wegs, ein bisschen bergab, blieb stehen, sah uns an, wippte mit den Flügeln. „Kommt, kommt", deuteten wir seine Geste. O.k. sagten wir, lass uns ihm mal folgen.

Er hüpfte eifrig weiter, blieb immer wieder stehen und drehte sich besorgt um, ob wir ihm auch folgen würden. Es ging weglos abwärts durch steiniges Geröll in einen verwachsenen Grund. Er schlüpfte durch mannshohes Gebüsch. Wir taten's ihm nach. Vor uns erhob sich eine schroffe vulkanische Wand mit dunklen Höhlennischen. Er führte uns in eine solche und blieb stehen. Bald setze er sich auf den steinigen Boden. Gleich

---

[2] Sprich: Cumbre Viecha. Deutsch: Alter Bergrücken. (Er ist aber der jüngste auf der Insel.)

ihm kauerten auch wir nieder, schoben unsere Rucksäcke in eine Wandnische mit sauberem Felsboden. Bis wir richtig saßen, war er plötzlich verschwunden. Wir lachten: Was hat der Kerl jetzt vor?

Da war er schon wieder, hatte ein Bündel Kräuter im Schnabel und legte sie Sine in die Hand. „Was soll ich damit?" sagte Sine. „Etwa essen?" Er hüpfte, tänzelte, wippte mit den Flügeln und rief Kroahhhh. Sine roch an den Kräutern: „Hm — riechen nicht schlecht." Er riss den Schnabel weit auf und schloss ihn wieder, schluckte dann, als wolle er essen. „Verstehe", sagte Sine, „ich soll das essen, was er mir gab", und schob etwas davon in ihren Mund.

Ich beobachtete sie aufmerksam und verlor dabei Cuervo aus den Augen. Der war schon wieder verschwunden. Kam aber alsbald wieder, wiederum mit einem Bündel von Kräutern im Schnabel. Er fuhr mit dem Bündel gegen meinen Arm. Ich öffnete gleich die Hand, und er legte die Kräuter hinein. Auch ich roch erst daran, schob sie vorsichtig zwischen meine Zähne und probierte mit der Zunge ihren Geschmack. Nichts dagegen einzuwenden. Cuervo machte wiederum heftige Schluckbewegungen. Wir verstanden sie und kauten die Kräuter gründlich. „Wonach schmeckt das", fragte mich Sine. Ich zuckte mit den Schultern: „Hm – hm – weiß nicht. Jedenfalls kräuterig. Und du?" „Ich krieg das nicht heraus, kenne sie nicht."

Ich weiß nicht, wie lange wir schon gekaut hatten — jedenfalls überkam mich ein komisches Gefühl, als ob mein Körper in sich hineinschrumpfen würde. Es tat nicht weh, war ein seltsames Ziehen, als ob alle meine Organe sich nach innen in den Bauch bewegen würden. Meine Nase schien sich nach innen zu stülpen, meine Lippen vorzuschieben. Aufgeregt sah ich Sine an: Oh, ihre Füße schrumpften zu Krallen, aus ihren Kleidern spross ein Federkleid, und das Gesicht bestand nur noch aus Schnabel. „Hee, wie siehst du aus!", stieß ich hervor. — „Und du erst!", rief sie.

Wir wollten uns in die Arme fallen. Aber es umschlossen mich nur Flügel. Wir wollten uns küssen, aber es schlug nur Schnabel gegen Schnabel.

* * *

„So, ihr beiden, jetzt können wir uns verstehen", sagte Cuervo ganz ruhig. "Das habt ihr gut gemacht. Jetzt sind wir alle drei Raben. Und wenn ihr mir gleich folgt, dann spürt ihr bald, wie leicht das Fliegen geht und wie schön das ist."

Er öffnete seine großen Schwingen, lief ein paar Schritte und hob vom Boden ab, drehte und kam zurück. „Du hast leicht reden", sagte ich zu ihm, „du hast einen kleinen Körper, und deine Flügel sind sieben Mal so groß wie dein Körper. Ich aber bin groß und hab viel kürzere Arme als mein Körper lang ist."

Da lachte Cuervo: „Spreiz doch mal deine Flügelarme aus. Jetzt sind sie rabenlang und nicht mehr menschenkurz."

Tatsächlich — was war das für ein Gefühl! Mit den Armen steuerte ich plötzlich den kleinen Körper. Mich überkam die Lust, alle meine Bewegungen den Armen zu übergeben und mit ihnen den Körper zu beherrschen. Die Füße dienten nur noch zum Anlauf, dann schwebte ich schon — ein paar Meter. Noch einmal. Und noch einmal. Plötzlich kam mir Sine entgegengeflogen. Unsere Flügel berührten sich — und das war ein Gefühl, als ob wir uns streichelten. Wir fühlten uns ganz wohlig und stimmig, einfach toll.

Wieder am Boden, sagte Cuervo, „Jetzt können wir uns alle richtig rabisch verstehen. Weißt du was? Du bist als Mensch Guindo, wie ich gehört habe. Als Rabe nenne ich dich **Crindo** und Sine nenne ich **Crine**. Einverstanden? Denn das spricht sich rabisch viel leichter als euere Menschennamen."

„Woher konntest du überhaupt die menschliche und unsere deutsche Sprache verstehen? Du sprichst doch rabisch?"

Er lachte und setzte eine wichtige Miene auf: „Wisst ihr, wir hören den Menschen ganz aufmerksam zu. Und wenn sie sagen, ich habe Hunger und packen ihr Essen aus, dann wissen wir, was das bedeutet, was sie gesagt haben. Und so beobachten wir die spanischen Inselbewohner, die Palmeros, aufmerksam und auch die vielen Deutschen, die hier wohnen, oder solche, die auch nur einige Zeit Urlaub machen wie ihr. Wir haben diese Sprachen schon von unseren Eltern gelernt, und vom eigenen Beobachten der Menschen hier auf der Insel La Palma dazugelernt. Wir lehren sie uns auch gegenseitig unter den Raben. So oft wir sitzen und nicht fliegen, denken wir nach und lernen. Das macht ihr Menschen doch auch, nicht?

Stricklava — Lava, die zähflüssig Falten bildet und dabei erkaltet, erstarrt.

So, und jetzt fliegen wir los, damit ihr richtig fliegen lernt — und ihr könnt mich auch was lehren, was ihr wisst. Raben sind nämlich sehr wissbegierig."

Wir folgten Cuervo und seinen freudigen Kurven, die er durch die Lüfte zog. Wir flogen über ein raues Lavafeld. Cuervo rief: „Kommt, ich zeig euch den Lavastrom. Er ist vor 433 Rabenjahren[3] entstanden. Wir haben damals beobachtet, wie die Lava bis ans Meer hinabfloss."

---

[3] Rabenjahre sind Jahreszählung, von 2018 rückwärts gezählt, also 1585 n. Chr.

„Das Fließen der Lava kann man heute noch erkennen", fügte ich hinzu.

„Wie könnt ihr das?", fragte Cuervo.

Er glitt vorsichtig hinab und wir setzen uns um einen kantigen Lavablock. „Sieh", sagte Crine, „das ist Stricklava (Bild S. 17). Lavawülste können beim zähen Fließen wie gedrehte Stricke aussehen, und wenn diese Stricke schnell erhärten, bleiben sie für immer so. — Aber woher weißt du, Cuervo, dass die Lava vor 433 Rabenjahren entstanden ist?"

„Na das hab ich doch selbst erlebt."

„Wie? Raben werden meist um die 20–30 Jahre alt, selten einmal 40. Woher weißt du das Alter dieser Lava?"

„Wenn wir sterben, werden wir neu geboren in unseren Kindern, wissen aber alles noch, was wir vorher erlebt haben. Aber wir müssen es uns gut einprägen, oft wiederholen oder mit den andern erzählen, dann merken wir uns das. Darum sitzen wir auch ruhig und denken über alles nach, und quatschen nicht so viel wie die Krähen."

„Aber wie zählt ihr die Rabenjahre?"

„Wir brüten einmal im Jahr zwischen Februar und April, so können wir die Brutjahre zählen. — — Sagt mal, warum ist eigentlich Lava so spitz und scharfkantig? Darauf kann man so schlecht landen. Da schmerzen die Zehen, und die Krallen können nicht zufassen."

„Das ist heiße Flüssigkeit des Erdinnern, eben die Lava, die entweder in Fetzen ausgeworfen wird und im Flug noch erkaltet, oder die sich zähflüssig bergab wälzt und erst dann rasch erkaltet mit all ihren Ecken und Spitzen. Auch in der langen Zeit, die sie daliegt, werden die scharfen Spitzen und Kanten nicht gerundet. Die Wissenschaftler sagen dazu Aa-Lava."

„Von wegen Aa-Lava", warf Cuervo ein, „ihr seht an den Lavablöcken, dass es seit 1585 sehr viele Raben hier gegeben hat."

„Woran sollen wir das sehen?"

ote Flechte
Xanthoria

helle Flechten

„Na, an den vielen weißen Kackeflecken, die sie hinterlassen haben."

Wir lachten laut, indem wir die Schnäbel hin und her warfen und weit öffneten und ein Kicherkrächzen hervorstießen: „Cuervo, das ist nicht Kacke der Raben. Das sind Flechten."

„Was sind Flechten?"

„Sehr primitive Pflanzen. Sie breiten sich ringförmig auf den Gesteinsoberflächen aus und haben auch innen oft andere Farben als außen."

„Aber die roten Flecken sind Kacke von den Rotschnabelkrähen."

„Nein, das sind auch Flechten, solche, die roten Farbstoff einbauen. Sie sind gelb, orange und rot. Gelehrte Menschen nannten diesen Flechtentyp, den du da siehst, Xanthoria elegans."

„Das ist für uns Raben nicht wichtig. Für uns ist interessant, ob es Kacke oder fressbar ist. Aber sagt mal, warum verkauft ihr Kacke in Geschäften?"

„Wie kommst du bloß auf diese Idee?"

„Ja, in Los Llanos gibt es ein Geschäft, wo Caca de la Vaca verkauft wird, Kuhkacke also. Das steht über der Ladentür und noch einmal neben der Ladentür. In Santa Cruz gibt es auch so ein Geschäft, das Kuhkacke heißt. Warum verkauft ihr denn Kuhkacke? "

„Kuhkacke verkaufen wir Menschen nicht. Der Name ist nur ein Spaß. Wir waren kürzlich im Laden Caca de la Vaca in Los Llanos. Der verkauft Kleidung, und die Verkäuferin wusste auch nicht, warum der Laden Kuhkacke heißt.

Das rührt wahrscheinlich daher, weil es sich auf Spanisch reimt: Caca de la Vaca — einfach ein Spaß. Vielleicht soll der Name Kunden anlocken."

„Sagt ihr auch Kacke, wenn ihr mal müsst?"

„Ja, das sagen wir auch. Es ist ein ganz altes Wort. Schon die Römer sagten cacare für kacken, und caca für Kacke. Die Italiener übernahmen das Wort caca, und ebenso auch die Spanier und die Deutschen.

Flechten und Kacke kannst du unterscheiden: Vogelkacke auf den Steinen wird vom Regen bald wieder abgewaschen. Der Kackefleck wird dabei immer kleiner. Die Flechten aber wachsen, werden immer größer und breiten sich aus."

„Hm, hm, verstehe. Ich glaub, ich kann jetzt Vogelkacke von Flechten unterscheiden. Was ihr Menschen alles wisst!"

Versteinerter Maulbeerkuchen?

„Da ist noch etwas", sagte Cuervo, „wie wird die flüssige Lava zu Stein?"

„Sie kommt kochend heiß aus dem Innern der Erde und erkaltet an der kühlen Luft, erstarrt dabei zu hartem Stein. Du weißt doch auch, dass flüssiges Wasser allein durch die Kälte zu hartem Eis erstarren kann."

„Ja, stimmt. Hoch oben auf unseren Vulkanbergen gibt es im Winter manchmal Eis. — Ach so. Jetzt ist mir das klar. Dann kann es sein, dass Maulbeerkuchen auch zu hartem Gestein erstarrt."

„Wie kommst du darauf?"

„Ich kann euch Gesteine zeigen, worin man die versteinerten schwarzen Maulbeeren noch sieht."

„Zeig uns, wo?"

Cuervo flog uns voraus und richtete seine scharfen Augen stets zur Erde, drehte und kreiste über ein paar Felsen. Dann ließ er sich mit ausgebreiteten Flügeln und gespreizten Außenfedern senkrecht hinab auf einen Felsen gleiten.

Wir taten es ihm nach — ein schönes Gefühl, vertikal hinabgleiten und sanft aufsetzen. Fliegen können ist einfach toll.

Basalt mit Einsprenglingen von Olivin (gelbgrün, und bräunlich oxidiert) und Pyroxen (schwarz) — Cuervo's Maulbeergestein.

„Seht her", sagte Cuervo, „die dunklen Maulbeeren. Die sind doch hart wie Stein."

„Cuervo, du bist ein guter Beobachter. Aber schau mal, etliche von den schwarzen Dingern sind eckig. Das gibt es bei den Maulbeeren nicht. Beeren sind immer rundlich."

„Was sind die schwarzen Dinger dann?"

„Die Dinger gehören zum Gestein. Wir sagen Kristalle dazu. Diese Kristalle sind in der noch flüssigen Lava schon gewachsen und waren daher beim Ausfließen im heißen Glutfluss schon vorhanden. Als dann die Lava erkaltete und erstarrte, blieben sie im erstarrten Gestein so erhalten, wie sie sich in der glutflüssigen Lava angeordnet hatten.

So ist es auch beim Maulbeerkuchen — du hast die Ähnlichkeit gut erkannt, Cuervo. Der Bäcker wirft die fertigen Maulbeeren in den zähflüssigen Teig. Beim Backen im Ofen wird der Teig fest, und die Maulbeeren sind jetzt darin verteilt wie hier am Fels die schwarzen Kristalle in der erkalteten Lava."

„Dann ist das also ein Maulbeergestein", rief Cuervo mit siegreichem Blick.

„Heißen wir es gerne so", sagte ich lächelnd.

„Sagt ihr Menschen wirklich auch so zu dem Gestein?"

„Nein, die schwarzen Maulbeeren im Gestein nennen wir Pyroxen-Kristalle und zum ganzen Maulbeergestein sagen wir Basalt. Aber, das brauchst du dir nicht zu merken. Merk dir dein rabisches Wort und sag ‚Maulbeergestein' — das klingt viel schöner."

„Das kann ich mir auch besser merken als eure komplizierten Menschenworte. Man merkt sich immer Sachen besser, wenn man dabei an etwas Schönes denkt, wie Maulbeerkuchen. Aber danke, nun weiß ich schon wieder etwas Neues.

Äääh, nochmal zu den Rotschnabelkrähen: Das sind unsere nicht so freundlichen
Kollegen. Die fliegen immer in Scharen
von Hunderten umher und machen ein
entsetzliches Geschrei. Wir Raben dagegen
sind meist einsam und still, weil wir beobachten, lernen und denken. Die Krähen
schnattern nur und denken nicht. Die
schreien sogar im Flug, wenn sie Beute im
Schnabel haben."

„Das gibt es bei den Menschen auch, Cuervo. Solche, die
durch die schönste Landschaft rennen und nur über ihre unge-
liebten Freunde lästern oder von ihren tollen Kindern erzählen

Kolkrabe

— dabei sehen sie überhaupt nicht, wo sie eigentlich gehen, oder wissen am Abend nicht, wo sie überhaupt waren. Vor allem kommen sie in sich selbst nicht zur Ruhe, und der Urlaub verfehlt völlig seinen Zweck."

„Was ist Urlaub?"

„Das ist auch etwas, was ihr Raben nicht braucht. Zeit der Ruhe von langer Zeit der Hetze."

„Warum hetzen Menschen?"

„Weil sie sich zu viel vornehmen und alles auf einmal und möglichst schnell tun wollen. Und das tun sie sich gegenseitig und sich selbst an."

Cuervo überlegte eine Weile. Dann hob er den Kopf und sagte selbstsicher: "Ich habe auch Menschen schon rennen sehen, ganz lang und weit, ohne dass sie verfolgt werden. Kleine Vögel werden oft von den Krähen verfolgt. Wir Raben würden so etwas nie machen. Aber die Menschen, die ich rennen sehe, werden nicht verfolgt. Ich weiß noch, die Benahoariten[4] haben sich manchmal verfolgt, mit Steinen aufeinander geworfen und gekämpft. Da mussten viele fürchterlich rennen. Wir Raben haben das nie verstanden. — Warum rennen aber heute die Menschen ohne Verfolger durch die Gegend?"

„Weißt du, die Menschen haben dumme Moden. Sie sitzen zuhause oder sitzen auch viel bei der Arbeit. Da verkümmern ihre Muskeln und ihr Blutkreislauf kommt in Unordnung. Um

---

[4] Ureinwohner der Insel bis zur spanischen Eroberung 1493.

das wiedergutzumachen, rennen sie irgendwo durch die Gegend."

„Aber warum rennen sie denn? Sie werden doch nicht verfolgt."

„Doch, sie werden verfolgt, verfolgt von der Angst, dass ihre Bewegungslosigkeit im Leben ihrem Körper schadet. Angst ist wie ein Gespenst, das dicht jagt. Nun laufen sie diesem Gespenst davon und glauben, dass sie es dabei loswerden."

Cuervo lächelte: „Merkt ihr jetzt, dass Rabendasein schöner ist als Menschendasein? Die Menschen geben sich Aufgaben, kriegen Ängste, müssen rennen. Sie müssen sich dauernd umziehen, gegen die Sonne eincremen, vor Regen schützen, mühsam bergauf und bergab steigen. Raben brauchen das alles nicht."

„Übrigens", setzte er hinzu, „dass die starre Lava einmal flüssig und heiß war, weiß ich. Vor 59 Rabenbruten ist die Lava oberhalb von Las Manchas[5] ausgeflossen."

„Also 1949", warf Crine ein.

„Ja, da hat ein etwas dummer Rabe versucht, etwas von der Lava in den Schnabel zu kriegen. Ohhh — er wäre vor Schreck bald in den flüssigen Brei gefallen. Der war so glutheiß, dass die vordere Spitze des Schnabels geschmolzen ist. Er legte sich nebenan auf die Erde, schlug heftig mit den Flügeln und stieß ab und zu ein schnarrendes Krroah aus.

---

[5] sprich: Las Mantschas

Wir wussten, es geht ihm sehr schlecht. So konnte er natürlich auch nicht mehr fressen. Sofort flog einer aus, die weiter entfernteren Raben zu informieren: Hallo, helft dem Armen, den die Lava verbrannt hat! In kurzem Abstand kamen immer wieder Raben und brachten Früchte, Würmer und Käfer. Raben fressen ja fast alles. Aber sie brauchen ihre Schnabelspitze, und die war jetzt weggebrannt. Sie fütterten den Armen, abwechselnd einer nach dem andern. Und immer einer oder zwei blieben bei ihm, damit ihn niemand angreifen konnte, etwa ein großer Raubvogel oder eine Rotschnabel-Krähenschar. Der größte Raubvogel in La Palma ist der Mäusebussard. Raubtiere oder Schlangen, die bei euch außerhalb der Kanaren leben, gibt es ja zum Glück hier nicht. Das tat dem kranken Tier gut, zu wissen, dass es nicht allein ist."

„Und wie ging es weiter mit ihm?"

„Irgendwann konnte er wieder fliegen, aber wie lange seine Freunde ihn weiter füttern mussten, weiß ich nicht. Es ist ja lange her, 59 Rabenjahre."

Maulbeerkuchen 2

„Wir Raben sitzen gerne auf erhöhtem Platz", erläuterte uns Cuervo. "Da hat man gute Übersicht. Zum Beispiel von Wegweiserpfählen aus, wenn sie freistehen. Auf Bäumen halten wir auch gerne Ausschau, oder auf Felsspitzen. Aber nicht alle Bäume sind praktisch für uns – wenn die Äste zu weich sind oder stachelig, wie bei Palmen."

Wir saßen auf einer Kanarischen Kiefer am Rand des Kraters des Vulkans Birigoyo (siehe Bild S. 31).

„Saaaagt mal, wo findet man eigentlich Maulbeerkuchen?"

„Den kenn ich nur von El Paso", meinte ich. "Da gibt es ihn im Geschäft La Tarta bei der Bäckerin Martina aus dem Saarland."

„Was ist Saarland?"

„Das ist ein kleines Land in Deutschland, so wie Tamanca ein kleines Land auf La Palma ist."

„Woraus besteht der Maulbeerkuchen?"

„Aus schwarzen Maulbeeren in einem Mürbeteig aus Weizenmehl, Raspel der Kokosnuss und Mandeln, Tarta de Mora con cocos y almendra."

„Jaaa, Maulbeeren kenn ich. Mandeln kenn ich auch, das andere Zeug nicht. Die Maulbeeren sind ab Juli reif. Und jeden Tag werden neue reif. Das geht so bis in den Herbst. Die sind phantastisch. Aber die Rotschnabelkrähen sind so viele und setzen sich scharenweise in die Maulbeerbäume und ernten und ernten und ernten. Schade, dass es nicht mehr so viele von den Maulbeerbäumen gibt wie früher. Als vor 200 Rabenbrutjahren noch die Seidenraupenzucht auf La Palma Mode war, gab es viel, viel mehr Maulbeerbäume. Die Seidenraupe brauchte nämlich viele Maulbeerblätter zum Fressen. Aber danach nahm die Zahl der Maulbeerbäume immer mehr ab."

„Der Maulbeerkuchen ist mein liebster Kuchen, den ich auf der Insel fand", schwärmte ich.

„Krookro — meiner auch. Sagt mir, wie kommt man an den dran?"

„Ja, nur als Mensch, indem man den Kuchen mit Geld kauft."

„Ja, ja, ich finde manchmal Münzen, und die nehm ich in den Schnabel und verstecke sie an einem Ort, den niemand kennt (Bild S. 31 Mitte). Ich finde, die glänzen so schön. Das ist eines der guten Dinge der Menschen — — — neben dem Maulbeerkuchen.

Wenn ich euch Münzen bringe, könnt ihr dann Maulbeerkuchen besorgen?"

„Ja, den können wir besorgen. Aber du brauchst deshalb deinen Münzschatz nicht verkleinern. Wir haben schon Münzen genug dafür."

„Braucht man da eine einzige Münze?"

„Mehr!"

„Acht Stück?"

„Wie kommst du auf acht."

„Ihr rechnet mit zehn Fingern, daher verwendet ihr ein
Zehnersystem bei den Zahlen.
Wir Raben haben acht Zehen,
also ein Achtersystem. Ver-
steht ihr? So komm ich auf
acht. Aber wir verstehen auch
euer Zehnfinger-System."

„Dumm, dass wir nur als
Menschen   Maulbeerkuchen
kaufen können."

„Kann man nicht als Rabe
dorthin fliegen, sich auf den
Ladentisch setzen, die Münze
auf den Tisch legen, mit dem

Schnabel in die Richtung des Maulbeerkuchens picken, ohne ihn zu berühren? Dann weiß die Verkäuferin doch, was ich will."

„Das klingt gut, Cuervo, das würde ein lustiges Schauspiel in der Panadería abgeben. Aber die Verkäuferin schneidet dann ein Stück ab und verpackt es. Wie wolltest du es transportieren?"

In dem Moment, als ich das sagte, kam mir eine Idee und ich dachte laut vor mich hin:

„Ich könnte jetzt doch als Rabe dort Kuchen kaufen. Ich weiß ja, wie das geht. Wir bräuchten nur ein leichtes Tragetäschchen."

Da unterbrach mich Crine: "Du, ich habe eine Papiertüte mit Tragegriff in meinem Rucksack aufgehoben, der in der Höhle steht."

„In welcher Höhle?" fragte Cuervo.

„Na, in der Verrabungs-Höhle."

„Verrabungshöhle?"

„Wo du uns zu Raben verwandelt hast."

„O.k. — und dann? Erzähl schon weiter!"

„In die Tüte legen wir eine 2 Euro-Münze und eine 20 Cent- und eine 10 Cent-Münze, denn die Kuchen kosten dort 2,30 €, und ich flieg damit zu La Tarta."

„Das würde ich gerne miterleben", rief Cuervo. „Wartet ein bisschen, ich hole die Tragtüte mit Henkel. Ist die im kleineren blauen Rucksack?"

„Ja, in der Außentasche", sagte Crine. „Aber, du musst geschickt sein, um mit dem Schnabel den Reißverschluss zu öffnen. Ich kann mir nicht vorstellen, dass ich das jetzt mit meinem Schnabel könnte."

„Ich schaff das. Was meinst du, was ich an Menschensachen schon alles geöffnet hab. Übung macht den Meister, sagen doch die Menschen selbst."

„Wart, Cuervo", rief Crine, „ich komm mit. Ich kenn mich in meinem Rucksack am besten aus."

Die beiden rauschten ab.

Ich ruhte und wartete.

Viele Bilder gingen mir durch den Kopf. Wie ein Film lief alles vor mir ab, wie ich den Kuchen besorgen würde als Rabe. Freudig, spannend, aber doch voller Zweifel war mein Gemüt. Aber das Spannende in mir überwog und zog mich innerlich schon ins Tal hinunter. Ich werde es wagen, das wird bestimmt ein schönes Abenteuer. Es beginnt schon damit, dass meine beiden jetzt lernen müssen, mit den Schnäbeln einen Reißverschluss zu öffnen.

Warten in Spannung kann schön sein. Man sammelt Kräfte, plant voraus und lebt in Vorfreude auf das Abenteuer.

Ich hörte die Flügelschläge der beiden. Da waren sie schon wieder bei mir, und Cuervo trug das kleine papierne Henkeltäschchen im Schnabel.

„Wie habt ihr das geschafft?"

„Ganz einfach: Crine hat den Rucksack am einen Ende mit dem Schnabel festgehalten und ich habe den Reißverschluss aufgezogen. Wir mussten nur ein bisschen üben, bis Crine wusste, in welche Richtung sie am Rucksack ziehen muss, damit der Reißverschluss aufgeht. Man muss als Raben schon zu zweit sein, damit das gelingt. Dabei wurde mir klar, dass ein Reißverschluss für den zweihändigen Menschen gemacht ist und nicht für Raben. Aber wir haben's zu zweit ja geschafft."

„So, Crindo", sagte Crine, „was hast du dir überlegt?"

„Überlegt?" rief Cuervo, „ich denke, du kannst jetzt loslegen, der Maulbeerkuchen wartet auf uns. Wozu haben wir sonst das Täschchen geholt?"

„Ja, mein lieber Cuervo, ich habe mir alles schon überlegt und einen genauen Plan ausgedacht und im Geiste vorerlebt. Das macht ihr Raben doch sicher auch, ehe ihr euch in ein Abenteuer stürzt."

Crine merkte, dass es nun losging: „Pass auf, dass dir nichts passiert. Ist das Risiko nicht zu groß für ein Stück Maulbeerkuchen?"

„Im Zweifelsfall komme ich ohne Kuchen zurück", lachte ich.

„Tu mir das nicht an, bitte, bitte, Crindo", sagte Cuervo mit süßer Bettelmiene.

„Tschüss, ihr beiden! Auf ins Abenteuer!"

Ich flog genau nach meinem Plan hinab nach El Paso, zur Ampel an der Kreuzung beim HiperDino, dann noch ein kleines Stückchen weiter zur nächsten Ampel, und ließ mich vor der schmalen Türe von La Tarta aufs Trottoir nieder.

Eine Frau schreckte weg mit kurzem Schrei der Verwunderung. Ich spazierte in den Laden. Zum Glück war er gerade leer. Das war mein Wunsch, als ich vor der Tür landete. Denn in einer Menschenschlange anstehen zu müssen, davor hatte ich Angst. Dann hätte alles schiefgehen können. Man hätte mich wohl verscheucht.

Der Laden war echt ganz leer, aber auch hinter der Ladentheke leer. Die Bedienung war offenbar weiter hinten in der Backstube. Das hatte ich als Mensch öfter erlebt, dass im Laden zuerst mal kein Mensch zu erblicken war. Ich hüpfte auf den Ladentisch — machte so freundlich wie ich konnte Kroaaaah.

Der Kopf der Bäckerin Martina im Hintergrund flog um 90 Grad in meine Richtung. — Sie starrte. — „Husch, husch", rief sie und machte eine verscheuchende Handbewegung mit fliegenden Fingern in Richtung Türe. Im selben Moment aber sah sie meine Tüte im Schnabel. „Oh, ein gezähmter Hausbote — das ist ja toll. Du Süßer, zeig deine Tasche."

Sie nahm sie an sich, sah hinein. „Ach, Münzen, sieh einer an. Was willst du denn dafür? Da ist kein Zettel drin und auf der Tasche steht auch nichts, oder? Nein, ich find' nichts."

Ich war schon dabei, mit dem Schnabel gegen einen Kuchen zu steuern, da rief sie: "Nein, nein, das geht nicht!" In diesem Moment betrat ein beleibter großer Herr in Sportkleidung den Laden und rief: „Warten Sie, ich befrei Sie von dem Ungeheuer", schlug mit seiner Zeitung in der Hand gegen mich und versuchte mich zu verscheuchen, wie man eine Fliege verscheucht.

Ich hüpfte auf dem Ladentisch nur ein wenig zur Seite. Da warf er die Zeitung weg auf den Boden, packte mit zwei Händen zu. „Dat fresche Vieh kriegen wir doch wohl beseitigt!"

Aha, einer der angeberischen Urlauber, fuhr es mir blitzschnell durch den Kopf. Das erhöhte meinen Mut, und ich hackte ihn, so kräftig, wie ich nur konnte, in die weichste Stelle seiner Hand, die mich zu greifen versuchte, nämlich zwischen Daumen und Zeigefinger. Er schrie auf, blutete und rief nach draußen um Hilfe. Nun drängten Männer und Frauen zur Tür herein. Mir wurde Angst und Bang — der Fluchtweg war verstellt. Ich konnte ja nur zu Fuß hinausgelangen und nicht fliegen. Mit 1,20 m Flügelspannweite passte ich nicht durch die Tür.

Die Bäckerin merkte im selben Moment, dass der Mensch, der ihr zu Hilfe kommen wollte, auf ihren Ausruf 'Nein, nein, das geht nicht', reagiert hatte. Nun musste sie beschwichtigen und schlichten. Sie hielt der eindrängenden Menge mit ausgestreckten Armen beide Hände mit gespreizten Fingern entgegen und rief auf Spanisch und Deutsch: „Tranquilo! Despacio! — Langsam! Ruhe! — Jetzt bediene ich zuerst den Hausdiener und dann gehts bei Ihnen weiter.”

Sodann wandte sie sich mir zu: „Und du, mein Freund, sitzt bitte ganz still, und ich zeige dir die Kuchen — und du gibst mir ein Zeichen, welchen du haben willst. O.k.?”

Sie hob den Apfel-Schokolade-Kuchen hoch. — Ich drehte den Kopf zur Seite, schloss kurz die Augen und verharrte. —

„Also nicht. Sieh her. Vielleicht den Kuchen hier mit Bananen-Mandel-Kokos-Zimt? Der duftet noch nach Zimt, so frisch ist er.” — Gleiche Geste wie vorher. —

„Den willst du also auch nicht! Den Kirsch-Kuchen vielleicht?” — Gleiche Geste wie gehabt.

„Dann hab ich nur noch den Maulbeer-Kuchen.” — Jetzt warf ich den Schnabel hoch, guckte sie an, wippte mit den Flügeln ganz sacht ein paar Mal und vollführte dabei mit kurzen Schritten ein kleines Tänzchen.

Sie lachte laut auf, weil das offenbar komisch aussah: „Na, woher weißt du denn, dass das mein gefragtester Kuchen ist?"

Hinter mir war dichtes Gedränge. Die erstaunten Leute, die aus dem Laden bis auf die Straße hinaus herzudrängten, lockten immer mehr Neugierige herbei. Ich drehte mich um und glaubte mich von Tausend Menschenaugen durchbohrt.

„So, das ist es", sagte die Bäckerin und stellte meine kleine Tragetüte sorgfältig und aufrecht vor mich hin auf den Ladentisch. Sie lüpfte die Henkel noch schön nach oben — sozusagen schnabelgerecht, lächelte mich an und sagte: „Und ist das für deine Herrschaften?"

Ich drehte den Kopf wieder zur Seite, schloss kurz die Augen. — „Oder gar für dich?" — Wieder mein Tänzchen und Flügelzucken. „Weißt du was", sagte sie: „Komm mal um 14 Uhr, wenn wir schließen. Wenn dann noch etwas übrig ist, kriegst du das umsonst. —

Ach, komm her, du weißt ja nicht, wann 14 Uhr ist, ich steck dir gleich noch eine große Ecke von dem Bananenkuchen in die Tüte, der ist zerbrochen, und den will ja keiner mehr. So, nun flieg zu deinen Herrschaften! Danke schön für deinen Besuch. Komm gerne wieder."

Dann hob sie beide Arme und machte eine Bewegung als ob sie durch die Menge hindurchschwimmen wollte und rief: „Macht bitte Platz für unseren kleinen Kunden!"

Ich nahm den Henkel der Tüte in den Schnabel und hüpfte vom Ladentisch auf den Boden. Die Neugierigen bildeten

sofort eine schmale Gasse und jetzt war keiner mehr böse. Im Durcheinander hörte ich einige Rufe:

„Ist das ein drolliger Kerl." — —

„Also sowas hab ich ja noch nicht erlebt." — —

„Und dazu muss man erst nach La Palma kommen." — —

„Hat der ein schönes Gefieder, das schillert ja in allen Tönen."

Stolz und gemächlich schritt ich durch die Gasse meiner Bewunderer. Auf dem Trottoir erhob ich mich zum Flug hinauf über die Häuser, genoss in kurzem Rückblick, wie sie mir alle nachsahen, ehe ich in Richtung Birigoyo abdrehte.

Ich war so glücklich, dass alles gut ging, vor allem, dass ich heil aus dem Laden kam, ehe ich meine weiten Flügel ausbreiten konnte.

Ich genoss, wie ich gegen den kühlen Wind aufwärts glitt. Nebelschwaden der Cumbre Vieja umhüllten mich. Ich genoss ihre Feuchtigkeit, ließ sie in den leicht geöffneten Schnabel einströmen. Ein herrliches Gefühl. Vor mir tauchten die ersten Kanarischen Kiefern des El Gallo[6] auf. Jetzt musste ich die Flügel gegen den Wind stellen und langsam hinabgleiten zum Krater des Birigoyo.

Ich war richtig heiß darauf, meinen Genossen, Crine und Cuervo, von all dem zu erzählen, was ich erlebt hatte, vor allem aber freute ich mich, Cuervo den heiß ersehnten Maulbeerkuchen mitzubringen.

Sobald die beiden mich bemerkten, vollführten sie kleine Tänzchen, wippten mit den Flügeln und hoben den Schnabel und begrüßten mich mit Kroaaaaah, kroaaaaah.

---

[6] sprich: gajo

Vulkan Birigoyo. Links der höhere Ostgipfel (1808 m), rechts der niedrigere Westrand, dazwischen die Kratersenke.

„Lass uns die Beute unten am Boden anschaun", sagte Crine.

Wir segelten hinab zum Boden des Kraters. Ich setzte die Tüte vor Cuervo hin. Er hüpfte förmlich in sie hinein. Doch die Kuchenstücke waren eingepackt, wie es halt die Menschen immer machen. „Echt Mensch", sagte Cuervo, "möglichst viel Abfall erzeugen! Dafür müssen dann Eimer an den Waldwegen herumstehen, und die Menschen werfen ihre Ware auch noch daneben — und das alles, weil sie keinen Schnabel haben wollen!"

Er zerrte mit seinem Schnabel die Verpackungen heraus und schüttelte sie samt Inhalten kräftig hin und her, bis sie sich öffneten. Beide Kuchen, Banane und Maulbeere, zerbrachen dabei in einzelne Brocken und Brösel — ein Windstoß riss die Verpackung mit sich fort.

Crine konnte gerad noch die Tüte mit dem Schnabel erschnappen. „Oh", sagte sie, „schade um die Kuchen, jetzt sind sie zerbrochen."

„Nein, nein, nein", rief Cuervo, „großartig — eine Tarta de Mora!!" Er jubelte: „Kroahh — Kroahh — Kroahh." Er schlug einen Purzelbaum hangab, ruderte begeistert mit den Flügeln und rief: „Jetzt teilen wir!"

„Lass uns doch erst mal hören, was Crindo zu erzählen hat", meinte Crine.

„Hören?" rief Cuervo. „Echt Mensch! Fressen geht vor Reden, ist eine alte Rabenerfahrung. Beim Reden kommt vielleicht ein Fresskonkurrent dazwischen und die ganze Freude am Fressen wäre zerstört. Es gibt nichts Schöneres als seine Beute in Ruhe verspeisen zu können."

„Gut", meinte Crine, „du hast recht, jetzt sind wir ja Raben. Wir sitzen ja nicht am Wohnzimmertisch, sondern in wilder Natur. Und Cuervo — alles gehört dir alleine, wir verzichten gern und freuen uns, mit anzusehen, wie es dir schmeckt."

„Danke!" lachte Cuervo: „Los geht das Fest!" Er hackte mit Genuss erst die roten Maulbeeraugen im Kuchen heraus, solange, bis keine mehr da waren. Dann machte er sich an den Kokos-Mandel-Teig, zuletzt an den Bananenkuchen. Und als

Kroahh !!

alle großen Kuchenbrocken vertilgt waren, pickte er noch sorgfältig die kleinen Brösel auf, die zwischen die langen Nadeln der Kanarischen Kiefern gefallen waren. Das war nicht so einfach, denn die Nadeln dieser Kiefer bilden immer zu Dreien zusammen ein Bündel; und Brösel dazwischen herauszupicken, braucht Geschick und Zeit. Beides aber hatte Cuervo. Crine und ich lachten uns zufrieden an. Nicht ein Krümel war mehr zu sehen. Saubere Arbeit!

Jetzt bauten sich Cuervo und Crine nebeneinander vor mir auf und sagten: „Los erzähl! Wie kam es, dass das alles so geklappt hat mit dem Maulbeerkuchen?"

Ich erzählte alles ausführlich. Und als ich bei der Stelle war, wo Martina mich für einen Hausdiener hielt, unterbrach mich Cuervo: "Das gibt es tatsächlich, dass Raben von Menschen abgerichtet werden und fast abhängig von ihnen werden. Fürchterlich die Vorstellung."

Ich berichtete noch, dass an meinem Gefieder so bewundert wurde, in welch tollen Farben es schillert. Da sagte Cuervo, „das ist das Besondere an den Kanarischen Raben, das unterscheidet uns von vielen andern Raben der Welt." „Ja", sagte ich, „der normale europäische Kolkrabe heißt in der Wissenschaft Corvus corax corax, und der Kanarische Kolkrabe Corvus corax tingitanus. Dieser Zusatz tingitanus bedeutet ‚der Gefärbte'. Die meisten Arten sind einfach schwarz und nicht schillernd gefärbt, wie ihr es seid."

„Das muss ich meinen Kindern und den andern Raben erzählen. Welche Sprache ist das, dieses tingitanus, ist das benahoarisch?"

„Nein, das ist lateinisch."

„Also von den Römern, das ist ja dann so alt wie die älteren Vulkane der Feuerberge."

„Der Name Corvus corax tingitanus ist erst lange Zeit nach den Römern gegeben worden, aber noch in lateinischer Sprache, der alten Sprache der Römer. Alle gelehrten Menschen konnten lange lateinisch sprechen. Es war die Weltsprache, die jeder Gelehrte lernen musste. So hat man auch das Tier- und

Die ansonsten schwarzen Raben schillern nur unter bestimmtem Winkel des Lichteinfalls (Bild rechts).

Corvus corax tingitanus — der gefärbte Rabe   45

Pflanzenreich mit römischen oder griechischen Namen be-
nannt."

Cuervo nickte beflissen: „Die Römer haben ja auch schon
von den Kanarischen Inseln gewusst. Sie haben auch die Maulbeerbäume in ihrem Reich verbreitet — und so kamen sie über
die Spanier nach La Palma. Müssen ein tolles Volk gewesen
sein, die Römer. Apropos Maulbeerbäume.....Was hältst du von
dem 14 Uhr-Angebot der Bäckerin? Ich könnte mir das ganz
gut vorstellen."

„Langsam", unterbrach Crine, „das wäre eine übertriebene
Gefährdung. Jetzt genießen wir erstmal den geglückten Streich.
Übrigens, ich glaub, ich bring das Henkeltäschchen zu meinem
Rucksack."

„Nein", sagte Cuervo, „das brauchst du nicht. Wir Raben
sind doch Meister im Verstecken. Ich verstecke das nützliche
Ding in einer...... ähhhh, vielleicht in einer Felsspalte. Aber das
verrat ich euch nicht, wo. Keiner darf meine Verstecke wissen.
Jedenfalls findet sie kein Mensch." —

„Aber findest du sie selbst wieder?" —

„Klar.....das heißt, meistens..... und außerdem brauchen wir
ja die Tüte bald wieder. Oder?" —

Die Antwort blieb aus.

Rabenabend

Es wurde langsam dunkel, da meinte Cuervo: „Zeit zum Schlafen."

„Reicht dein Nest für uns alle?"

„Leicht."

„Wo ist es?"

„Weit im Süden, wo es nicht so feucht ist wie hier. In den Regenbogen-Bergen ist es am feuchtesten, ganz im Süden der Feuerberge am wenigsten."

„Was sind die Regenbogenberge, Cuervo?"

„Das sind die, wo der Mensch die Tunnel durchgegraben hat. Diese Berge heißen wir in der Rabensprache Regenbogenberge, weil da der aufsteigende feuchte Wind meistens Wolken bildet, aus denen feiner Regen sprüht und dann fast immer ein Regenbogen erscheint."

„Die Palmeros sagen zu euren Regenbogenbergen Cumbre Nueva, auf Deutsch Neuer Rücken," erklärte ich. Das ist nicht nur weniger schön als euer Name Regenbogenberge, sondern auch falsch", sagte ich. „Zu eueren Feuerbergen sagen sie Cumbre Vieja, Alter Rücken, dabei sind die Regenbogenberge deutlich älter als die Feuerberge. Aus diesen spuckten tatsächlich seit einigen Tausend Jahren Feuer, Asche und Lava, zuletzt 1971."

„Vor 47 Rabenbrutjahren war das", ergänzte der kluge Cuervo.

„Ja, das ist eure Zählung. Jedenfalls Feuerberge ist richtiger als Cumbre Vieja. Bravo, ihr Raben. Wir können von euch viel lernen.”

Das zu hören tat Cuervo gut, und er ergänzte sogleich: „Und erzählt das auch alles eueren Kindern, was ihr hier lernt — so wie wir das jeden Tag tun, und immer wieder, immer wieder. Dann merken sie sich das. Das ist die ganze Methode, die uns so klug macht — zu den Klügsten unter den Tieren. Aber von euch können wir auch viel lernen. Darum müsst ihr mir noch viel erklären. Aber jetzt fliegen wir nach Süden zum Nest.”

Cuervo flog voraus, Crine hinter ihm und ich als letzter. Wir glitten im letzten Sonnenlicht immer am äußersten Westrand der Wolkendecke der Feuerberge — auf ihrer Abendseite — nach Süden. Die Wolken vermehren sich von der Ostseite der Insel, der Morgenseite, her. Sie quellen über den Kamm, die Cumbre, und lösen sich dann im Fallwind auf der Westseite der Cumbre auf (Bild rechts). — Wunderschön, die kleinen Häuser und Feldparzellen an der Küste unter uns. Jetzt schwenkte unsere Rabenreihe links herum hinab zu den Baumwipfeln. Cuervo landete in einer kräftigen Kiefer mit ausladenden Armen mitten in einem endlosen Meer von Kiefernkronen. Tief unter uns der Erdboden. Da erwartete uns schon ein anderer, für uns neuer Rabe.

„Das ist meine Räbin”, sagte Cuervo, und begrüßte sie durch Schnäbeln.

Wolkenfall über der Cumbre Nueva ("Regenbogenberge der Raben"). Der feuchte Nordostpassat bringt beim Aufstieg hinter der Bergkette die Luft zur Kondensation, also Wolkenbildung. Beim Abfall diesseits des Berggrates in die Aridane-Ebene lösen sich die Wassertröpfchen im Windschatten wieder auf (Föhn-Effekt). So liegt die Aridane-Ebene oft in der Sonne.

„Ich habe heute zwei Gäste mitgebracht, die bei uns übernachten, Crine und Crindo. Die waren noch bis vor kurzem Menschen und wollten Raben werden. Wir können viel von ihnen lernen."

„Dürfen wir Cuerva zu dir sagen", fragten wir höflich.

„Klar", sagten die beiden.

Das Nest war in einem Seitengeäst der Pinie aus losen trockenen Ästen gebaut, die kreuz und quer mit vielen Zwischenräumen gelegt waren. Im Zentrum war es mit feinem Moos und etwas Lehm ausgepolstert.

Crine sah etwas ängstlich am äußeren Teil des Nestes durch die vielen Astlücken in die gähnende Tiefe hinab: „Dichtet ihr euer Nest im äußeren Teil nicht etwas mehr ab?"

„Das ist wieder echt Mensch. Alles muss ganz dicht, fest und glatt sein. Am liebsten würdet ihr noch Wände um das Nest und ein Dach darüber haben wollen — also ein Baumhaus. Aber lasst euch mal von einem erfahrenen Raben sagen: Hier gibt es viel und heftigen Wind, und durch ein lockeres Geäst fegt er leichter hindurch. Ein mit Moos und Gras völlig abgedichtetes Nest aber würde er hochheben mitsamt dem Rabeninhalt. Außerdem lockt zu viel Nestabdichtung kleines Ungeziefer an, das sich da einnistet. In einigen Tagen legt Cuerva Eier, und unsere Brut soll gesund bleiben, frei von Ungeziefer. Das ist alte Rabenweisheit, was ich da sage. Also, ein schütteres Nest mit Abdichtung im Innern für die Kleinen ist das beste. Und wenn wirklich ein kleines Rabenkind durchfiele, heben wir es sogleich vom weichen Nadelboden auf und holen es wieder herauf. Aber das ist noch nicht passiert, denn die Kleinen lernen von Anfang an, auf dem Geäst zu balancieren. So, und jetzt setzen wir uns auf die Äste zum Schlaf."

„Eigentlich sing ich Crine als Mensch immer ein Schlaflied", meinte ich zaghaft. „So will ich ihr und euch auch eines singen. Lasst mich probieren: Kroooah, kreiaah, krauuuuah.

Ich weiß nicht, wie das für euch Raben klingt."

„Nicht schlecht für den Anfang", meinten unsere beiden Gastgeber.

Solchermaßen ermutigt, getraute ich mich, rabisch zu singen:

„Schlaft ihr Raben tief und fest
in dem großen Rabennest.
Und der Mond singt leise
seine sanfte Weise:

Bleibet still und unerschreckt
von der blauen Nacht bedeckt.
Träumt im hohen Kiefernbaum
euren süßen Maulbeertraum."

„Das ist gut", sagte Cuervo genüsslich. „Das sollten wir lernen und zu unserem Rabenabendlied machen."

„Und natürlich an unsere Kinder weitergeben", ergänzte Cuerva und setzte hinzu: „Jetzt steckt ihr zwei euren Schnabel in das Federkleid, so schlaft ihr am besten und so habt ihr immer warme Luft. Gute Rabennacht."

Wir schliefen alle rabisch gut, zumal der Wind unseren Kiefernbaum leise hin und her bewegte.

* * *

Als der erste Lichtstreif durch die Kiefernzweige am Horizont erschien, hob Cuervo den Kopf. Dabei knackten die Äste, auf denen er saß, leise. Crine hatte schon darauf gewartet, erhob den Kopf ebenfalls aus dem Gefieder, alsbald folgte Cuerva. „Nur Crindo scheint noch zu schlafen" meinte sie. „Krogg", tönte Cuervo leise, um ihm ein Zeichen zu geben. Aber er wollte seinen Traum zu Ende träumen, den Traum, in dem er noch einmal den spannenden gestrigen Tag nacherlebte.

Die Time- und die Zarza-Raben

Cuervo fragte uns, seine beiden Gäste: „Was wollen wir denn heute tun, dass ich euch etwas Interessantes zeigen kann und ihr mich was lehren könnt?"

Ich sagte: „Wir würden gern einmal zu den unzugänglichen Felsen und Steilhängen der Caldera Taburiente fliegen; ich weiß nicht, wie ihr dazu sagt. Was kommt bei euch nördlich der Regenbogenberge?"

„Die Versteckberge."

„Ach, darin sind deine Verstecke, wo du Münzen und Tüten und sonst noch was hinbringst"?

„Nein, in den Versteckbergen ist das Große Versteck der Insel, ein Riesenloch, zu dem die Spanier Caldera sagen."

„Aha, das Große Versteck ist also die Caldera Taburiente."

„Ja, aber das Große Versteck ist gefährlich."

„O.k., es ist wild und steil und unzugänglich, wo Menschen schlecht oder nicht hingelangen können. Aber für Raben ist das doch traumhaft."

„Jaaaaaaah — aber da herrscht eine andere Rabensippe. Und wir haben uns da aufgeteilt."

„Ist die Aufteilung seit den Zeiten der Ureinwohner geschehen, so wie die Benahoariten ihr Land aufgeteilt haben?"

„Irgendwie ja. Das Große Versteck hieß bei den Benahoariten Aceró (S. 96). Ihr König hieß Tanausu", erklärte Cuervo.

„Ja, das war, soweit wir hier auf der Insel erfahren haben, für die Benahoariten eine traurige Geschichte. Die lebten auf den Glückseligen Inseln ein einfaches Leben. Sie kannten kein Eisen, kein Metall, verwendeten nur Steine als Werkzeuge — lebten also ein Steinzeit-Dasein, noch 2000 Jahre, nachdem wir in Europa schon Eisen kannten und verwendeten. 1493 kamen die Schiffe der Spanier auf die Insel, um sie dem Königreich Spanien einzuverleiben. Da störten die steinzeitlichen Benahoariten, die sich natürlich wehrten, ihre Insel begierigen anderen Leuten zu übergeben. Die Spanier brachten ihnen ihre fortgeschrittenere Kultur, lösten ihre Stammesgebiete auf, überredeten sie oder zwangen sie, die christliche Religion anzunehmen. Wer sich wehrte, wurde als Sklave verschleppt oder auf andere Inseln umgesiedelt, die übrigen mussten eben Spanier mit Sprache und Religion werden."

„Nur der Stammesfürst Tanausu wehrte sich erfolgreich", setzte Cuervo hinzu. „Das ging nur, weil er sich im Großen Versteck, in der Caldera Taburiente, verborgen hielt. Sie hat aus der Luft gesehen eine Form wie eine Rübe, ist 7 km breit und 13 km lang. Sie hat nur einen einzigen natürlichen Zugang über den Taburiente-Fluss, sozusagen die Wurzelspitze der Rübe. Der Fluss benutzt dort eine Schlucht, die stellenweise nur 10 m breit ist (Bild S. 55). Sie heißt heute Barranco de Las Angustias, die Schlucht der Ängste. Natürlich gab es immer noch zusätzlich ein paar abenteuerliche Klettersteige in das Große Versteck hinein, aber die benutzte man nur zum Angriff auf die Caldera.

So wie Tanausu die Caldera, ihre schroffen Felswände und den Gipfelkranz um die Caldera beherrschte, so beherrschen diesen Raum heute die Time-Raben. Time hieß in der Sprache der Benahoariten Stirne, aber auch Stirne der Felswand, Felsvorsprung, Felsklippe. Die ganze Caldera besteht weitgehend aus Felsklippen. Diese Time-Raben möchten nicht, dass andere Raben ihr Gebiet stören. Sie stören ja auch uns in den Regenbogenbergen und in den Feuerbergen nicht."

„Aber kann man den Time-Raben nicht sagen, dass man nur einen Besuch für einen einzigen Tag machen will?"

„Ich weiß nicht, ob sie das glauben."

„Wir müssten ihnen ein Geschenk mitbringen", überlegte Crine.

„Raben haben alles, was sie brauchen. Die brauchen keine Geschenke. Das ist wieder Menschenmode, sich Geschenke zu bringen. Die muss man irgendwo hinstellen. Dazu hätten wir in unseren kleinen Nestern gar keinen Platz, und wir brauchen sie auch nicht. Geschenke werden noch dazu in Papier eingepackt, und das verursacht schon wieder Müll. Müll ist der Menschen liebstes Ding, den tragen sie täglich aus den Häusern und fahren ihn mit Lastwagen ins schöne Land, kippen ihn ab, und der Wind verteilt den Unrat über die Landschaft."

„Du hast recht, Cuervo", bekräftigte ich, „sieh, manche Menschen sagen sogar, ein Geschenk ist keines, wenn es nicht eingepackt ist. Das ist für euch völliger Irrsinn. — —

Aber ich wüsste schon etwas mitzubringen", meinte ich: „Wir können ihnen etwas berichten, was sie nicht wissen. Das

Barranco de Las Angustias, die enge Schlucht der Ängste.
Sie ist der einzige Ausgang der Caldera Taburiente.

können sie wieder ihren Kindern erzählen und werden dabei alle noch klüger."

„Das ist eine gute Idee, Crindo. Aber was sollen wir ihnen erzählen?"

„Zum Beispiel, wer die riesige und felsigschroffe Caldera gemacht hat. Vor allem aber, wie wichtig die Caldera für die ganze Insel ist. Dann erfahren sie, dass sie die wichtigste Rabensippe auf der Insel sind. — Haben die Time-Raben noch andere Rabensippen um sich, außer euch?"

„Ja, da gibt es noch die Zarza-Rabensippe[7] im Norden der Caldera" (Bilder S. 1 und 96).

---

[7] Zarza wird „sarsa" ausgesprochen.

„Wie heißt *ihr* euch eigentlich?"

„Tamanca-Rabensippe. Das kommt von dem Bezirk Tamanca der Benahoariten, der Ureinwohner der Insel. Früher gab es überhaupt viel mehr Raben als heute. Die Menschen haben sie leider gejagt. Für jeden getöteten Raben zahlten sie ein Kopfgeld. So wurden wir immer weniger. Und was typisch Mensch ist: Als wir Raben schließlich noch ganz wenige waren, stellten sie uns unter Tierartenschutz."

„Das machen die Menschen immer so. Sie rotten alle aus, wenn sie von einem Tier etwas brauchen können, oder wenn sie das Tier als gefährlich ansehen, bis auf ganz wenige. Dann kommen die Naturschützer und machen den anderen klar, dass der Tierartenbestand dadurch weniger wird und dass man sie schützen muss. Das ist eine Art Museumsdenken. Jagdgier wird also durch Museumssammelwert ersetzt. Wir müssen uns für diese schlechte Haltung der Menschen bei euch Raben sehr entschuldigen."

„Wie machen wir das nun. Schicken wir einen von uns zur Caldera hin, oder fliegen wir zusammen hin?" fragte Crine.

„Zusammen, aber einer voraus. Crine soll voraus fliegen mit einem Maulbeerzweig im Schnabel. Da merken sie, es ist eine Räbin, ein Rabenweibchen, und wer einen Zweig im Schnabel trägt, sieht nicht nach Angriff aus."

Cumbrecita — die Lücke in der Bergumrahmung der Caldera Taburiente. Rechts die Felsspitzen der La Punta de Los Roques. Links der Rabenfels, der in den Nebel hinaufzieht.

„Von welcher Seite fliegen wir in die Caldera hinein, von unten über den Taburiente-Ausfluss oder von oben über den Rand?"

„Ich denke von oben. Da gibt es eine Lücke im Caldera-Rand, die wird Cumbrecita[8] genannt, das heißt ,der kleine Rücken'. Diese Lücke wird von den Time-Raben besonders bewacht, und dort macht es am wenigsten den Eindruck eines Überfalls. Da gibt es zwei Wachposten-Plätze. Einer, wenn man hinauffliegt, am rechten Rand: die Felsspitze, La Punta de Los Roques, ein zweiter am linken Rand: der Rabenfels, Roque de Los Cuervos.

---

[8] wird „Cumbresita" ausgesprochen.

O.k., los gehts. Vergesst nicht, unten in den Gärten des Aridane-Grundes einen Morazweig mitzunehmen."

Zu dritt saßen wir in einem Maulbeerbaum des Botanischen Gartens von El Paso. Wir hackten uns einen Zweig heraus, der gerad den ersten Ausschlag der grünen Blätter zeigte. So viele dieser Bäume gibt es ja gar nicht mehr.

Wir glitten durch die sonnige Morgenluft hinauf zur Cumbrecita. Dann setzte sich Crine vorsichtig auf einen Time, eine Felsnadel, am Rand der Caldera und sagte leise „Croaaah".

Schon kam ein Time-Rabe von oben vom Felskranz der Caldera herabgestürzt: „Verschwindest du hier gleich. Du gehörst nicht zu uns!"

„Verzeih, ich bin ein fremder Rabe von weither. Ich wollte die beeindruckende Caldera und ihre weltbekannten Time-Raben einmal sehen. Von ihnen wird seit 525 Rabenjahren[9] viel Berühmtes erzählt."

„Wir wissen, dass wir berühmt sind. Das brauchen wir nicht zu erfahren."

„Aber wer hat euch diese Caldera gemacht, und wo hat Tanausu gewohnt, wisst ihr das?"

„Ach, du kennst Tanausu? Das ist lange her, dass der hier war. Aber er hat uns die ganze Caldera übergeben. Sie gehört jetzt uns, und wir müssen sie hüten vor solchen Eindringlingen wie dir."

---

[9] seit dem Jahr 1493

„Wie lange ist das her, dass Tanausu hier war?"

„Ach weißt du, ich bin Hüterin der Caldera hier an der Cumbrecita. Mich interessiert so alter Kram nicht. Mich interessiert nur, dich wegzuschicken von hier. Das ist meine Aufgabe............Aaaaber.......... wenn dich Tanausu interessiert, da haben wir einen gelehrten Raben, Crosabio[10], der weiß alles, mehr als die Menschen wissen. Zu ihm kann ich dich führen, aber nur unter meiner strengen Begleitung."

„Kann ich noch zwei meiner Sicherheitsbegleiter mitnehmen? Ich darf mich nämlich in fremden Rabengebieten nicht allein bewegen."

„O.k., wie heißt ihr, du und die beiden, das muss ich mir nämlich merken."

„Ich heiße Crine, meine Beschützer Cuervo und Crindo. Und wie heißt du?"

„Croguarda 21."

„Also die Rabenwächterin Nummer 21. Gibt es so viele Wächter bei euch?"

„Ja, 33, rund um die Caldera. Ich bin aber die wichtigste."

„Das habe ich schon gemerkt. Jetzt hol ich meine Beschützer. Bis gleich."

Crine flog ein Stückchen zurück über die Cumbrecita zu Cuervo und mir.

---

[10] sabio (span.) = Gelehrter, Weiser

„Und?", fragten wir beide neugierig.

„Wir dürfen rein. Passt auf, ihr seid meine Beschützer. Croguarda 21 begleitet uns zum gelehrten Raben Crosabio, der angeblich alles weiß."

„Ihr müsst wissen", erläuterte Cuervo, „bevor wir in die Caldera fliegen, dass die Time-Raben glauben, Tanausu habe 1493 die Caldera ihnen überlassen. Und sie haben heute noch die gleiche Angst, die Tanausu hatte, als die Spanier die Caldera erobern wollten. Sie glauben, dass alle anderen Raben die Caldera haben wollen. Aber keine Rabensippe hat Interesse an diesem Felsenkessel. Das Land außen herum ist viel fruchtbarer und ernährt uns besser als das Felsenland in der Caldera. Aber das wird euch alles der weise Crosabio bestimmt noch einmal erzählen."

Wir flogen zu dritt über die Cumbrecita hinein in die Caldera. Sofort kam natürlich wieder die Polizistin Croguarda 21 an:

„Ihr seid Crine, Cuervo und Crindo. Stimmt doch! Ihr fliegt genau in dieser Reihenfolge mir hinterher bis hinab zum hohen Idafe-Fels. Das ist gut, dass ihr die Räbin Crine vorausfliegen lasst, denn Crosabio ist ein großer Verehrer der Räbinnen.

Ich hoffe auch, ihr habt bereits euere Morgenspeise gefressen, denn kein fremder Rabe darf vom Caldera-Boden auch nur einen Wurm oder ein Gras wegfressen."

„Toll ist sie schon, diese Felsenschlucht. Sieben Kilometer Durchmesser, 2000 m tief. Hunderte von spitzen Felsen", schwärmten wir bei ihrem Anblick.

Idafe-Fels in der Caldera Taburiente

Wir glitten in der vorgeschriebenen Reihenfolge hintereinander hinab. Dann sahen wir sie schon bald, die steil aufragende Nadel des Idafe-Felsens. Dort thronte er, weithin sichtbar, auf der höchsten Spitze — Crosabio, ein sehr großer Rabe, mit auffallend schillerndem Federkleid, etwas warzigem, knolligem Schnabel — vielleicht, weil er so alt war. Er ließ sich herab zum Fuß des Felsens in einen Kreis aus Felsbrocken, der nahebei aufgereiht war.

Er saß etwas erhöht, Crine ließ er nahe vor sich hinsetzen, ihre beiden Bewacher, Cuervo und mich, ließ er etwas dahinter setzen.

„Dieser Steinkreis stammt noch von den Ur-Palmeros, den Benahoariten", sprach er langsam und gewichtig. „Tagoror sagten diese alten Bewohner zu den Steinkreisen. Das haben wir von ihnen gelernt. Und so wie sie einst ihre großen Beschlüsse dort gefasst haben, tun wir es heute noch.

Ihr habt Glück, dass ihr zu mir kommen dürft. Normalerweise dürfen keine anderen Raben in die Caldera Taburiente. Das haben wir von Tanausu übernommen. Nur weil ihr seinen Namen genannt habt, hat Croguarda 21 euch in die Caldera hereingelassen."

Dann holte Crosabio tief Luft und fing an, gewichtig zu erzählen:

„König Tanausu war ein Menschen-König. Er regierte die Benahoariten, die auf der Insel wohnten, ehe die Spanier kamen. Er herrschte über das Gebiet Aceró, das ungefähr die Caldera ausmachte. Er war der einzige von 12 Königen der Insel, der sein Land und sein Volk nicht an die Spanier übergeben wollte. Er schlug sie ein Jahr lang zurück. Das gelang ihm, da die Caldera einen tiefen Kessel darstellt mit nur einem einzigen engen Eingang, dem Barranco Angustias. Aber viele seiner Getreuen starben bei den Verteidigungskämpfen gegen die Spanier, die viel bessere Waffen hatten. Das tat ihm sehr leid. Als ihn dazu noch Benahoariten, die schon den Spaniern dienten, überredeten, die Verteidigung aufzugeben, entschloss er sich, mit den neuen Herrschern einen Vertrag auszuhandeln. Er stieg mit gutem Vorsatz über die Cumbrecita aus dem Kessel. Kurz dahinter überfielen ihn die Spanier hinterlistigerweise, nahmen ihn gefangen und brachten ihn auf ein Schiff Richtung Spanien. Auf dieser Fahrt starb er aus noch nicht geklärten Gründen.

Vorher aber hatte er seinen Leuten eingeschärft, die Caldera nicht an Eindringlinge zu übergeben. Das haben die Raben damals gehört. Sie schworen sich nach der listigen Entführung von Tanausu zusammen und bildeten die Sippe der Time-Raben. Bis heute verteidigen sie die Caldera vor allen Eindringlingen."

„Seit wann sagt ihr denn Caldera zu dem Kessel?" fragte Crine.

„Ich denke schon immer."

„Nein, Caldera sagten erst die Spanier. Das Wort Caldera bedeutet bei ihnen Kessel. Aber dann kam ein deutscher Geologe, Leopold von Buch, dachte, das ist ein vulkanisch entstandener Kessel, und nannte alle Vulkankessel auf der Welt Caldera. Und da euere Caldera hier namengebend für alle in der Welt wurde, kennen alle Geologen auf der Welt diese Caldera Taburiente, wie sie heute heißt, und kommen oft hierher. Eure Caldera ist also weltberühmt."

„Das wusste ich noch nicht. Großartig, dass ihr mich getroffen habt. Jetzt kann ich das alles meinen Time-Raben weitergeben. — Aber sag mal, Crine, du hast gesagt, der Leopold von Buch dachte, das ist ein vulkanischer Kessel. Ist das nicht so?"

„Nein", sagte ich von hinten, „er hatte sich geirrt."

„Kommt mal nach vorne in die erste Reihe neben Crine", winkte Crosabio uns, die beiden Begleiter von Crine, „ihr scheint auch wichtige Informationen zu haben."

„Es gab einen Vulkan Taburiente", begann ich, „etwa von der Größe des Nordteils der heutigen Insel, den Teil, den ihr

Versteckberge und Regenbogenberge nennt. Da seine Vulkanausbrüche die Laven und Aschen immer höher schichteten, schon 4000 m über den Meeresgrund, zerbrach der Vulkan. Dabei rutschte die Westhälfte des ganzen Vulkans ins Meer hinein, und seine Rutschmassen breiteten sich am Meeresboden noch weit nach Westen hin aus. Aus der Gleitfläche, also der Rutschbahn, auf der die Vulkanhälfte abgerutscht ist, wurde die große, heutige Aridane-Ebene, auf der Los Llanos, El Paso, Laguna und die fruchtbaren Felder um diese Orte herum liegen. Das geschah ungefähr vor 560.000 Rabenbrutjahren, also auch Menschenjahren.''

„Was, so alt ist die Caldera?''

„Nein, da ist sie noch gar nicht entstanden. Da ist doch erst die Aridane-Rutschbahn entstanden, auf der Los Llanos liegt. Aber dann erhob sich auf der Rutschbahn ein neuer Vulkanausbruch, der Bejenado-Vulkan. Das war ungefähr vor 500.000 Rabenbrutjahren. Dieser neue Vulkan teilte die Rutschbahn in zwei Teile, einen großen Teil nach Süden hin, auf dem heute Los Llanos und die Aridane-Ebene liegen, und einen sehr kleinen Teil nach Norden hin, der zwischen dem Bejenado-Vulkan und dem Taburiente-Vulkan liegt. Dieser kleine Teil der Rutschbahn wurde vom Taburiente-Fluss zerschnitten und ausgehöhlt. Das ist euere Taburiente-Caldera, die jetzt euren Time-Raben gehört.''

„Jetzt? Schon immer!'' rief Crosabio „und… … … halt da passiert gerade etwas! Da schreien ganz viele meiner Wächterraben vom Muchachos[11] her. Hilfe!! Eindringlinge! Die Zarza-Raben

---

[11] wird Mutschatschos gesprochen.

In der Caldera Taburiente

greifen uns vom Muchachos her an. Sie werfen Steinblöcke herab, um uns zu erschlagen. Fliegt alle hin, sie zu verjagen oder zu töten."

Während der alte Rabe sitzen blieb und mit seinen großen Flügeln ruderte und Kommandos krächzte, flogen viele Raben aus allen Richtungen zusammen hinauf zum Muchachos, dem höchsten Teil des Randes der Caldera Taburiente.

Ich sagte ihm, wir würden uns auch gerne dort umsehen, was denn da los sei. Er willigte ein: „Aber ohne meine Verantwortung für euch. Denn die Zarzas sind grausame Wüstlinge."

Wir zischten los. „Wir müssen zusammenbleiben", meinte Cuervo.

„Klar", sagten wir, „und ganz vorsichtig sein." Als wir über die Steilhänge des Muchachos flogen, polterten noch größere und kleinere Basaltbrocken ins Tal. Fremde Raben waren nicht zu sehen, die hätte Cuervo erkannt. Time-Raben waren auch nicht da.

Schließlich entdeckten wir einen, Croguarda 24. Er sagte uns, dass die anderen nach Norden geflogen seien, um die bösen Zarza-Raben zu verfolgen und zu bestrafen. Wir flogen noch einmal entlang der Steilhänge der Caldera (Bild S. 65). Wir bemerkten viel kleines Gesteinskollern hangabwärts, aber keine Raben, auch keine verletzten Raben.

Schon kamen die ersten Time-Raben von ihrem Rachezug gegen die Zarza-Raben zurück. Wir flogen alle hinab zum Idafe-Fels zum König der Time-Raben, der dort auf Bericht wartete.

„Was habt ihr mit den üblen Zarza-Raben gemacht?" fragte Crosabio.

„Wir fanden erst keine und flogen bis gegen La Zarza. Dort fanden wir einen und verprügelten ihn."

„Habt ihr ihn vorher verhört?"

„Nein, er wollte uns nach den ersten Schnabelschlägen entweichen. Dann hackten wir auf ihn ein, bis er stöhnend am Boden lag."

„Recht so", bekräftigte Crosabio. „Und konnte er noch etwas sagen?"

„Ja, er keuchte: Was wollt ihr von mir, ich sitze hier beim Nachdenken, was ich heute alles gelernt habe und habe euch doch nichts getan? Was seid ihr für hässliche Knechte des Iruene[12]?"

„Der Scheinheilige", fügte Crosabio hinzu.

Da trat Crine hervor: „Wir haben nicht den Eindruck, dass euch fremde Raben angegriffen hätten."

„Oh, das geschieht häufig."

„Hör uns mal zu", sagte ich, „was sich da an euren Steilhängen abspielt, ist kein Rabenangriff. Das ist ganz natürlicher Steinschlag. Wenn der Hang nach der Kälte der Nacht von der Sonne beschienen und erwärmt wird, dehnen sich die Gesteine ein bisschen aus. Dabei kann ein Steinbrocken den Halt verlieren und herabkollern. Dann reißt er andere mit und es kann eine ganze Steinlawine geben. Und wenn es regnet, spült der Regen noch viel mehr Steine hinab. Sieh mal, wie viele Steinbrocken unten in der Caldera liegen. Die müssen doch irgendwie dort hinuntergekommen sein."

„Klar, klar, das waren die Spanier, die die Blöcke auf die Benahoariten des Tanausu hinabwälzten, um sie zu töten. Und so tun es immer noch die Zarza-Raben."

„Crosabio, du bist doch ein kluger Rabe. Wie sollen Tausende von großen Blöcken in einem Jahr, in dem die Spanier die Caldera belagerten, da hinunterkommen. Weißt du, wie schwer so ein Block ist? Gib doch mal deinen Raben den Auftrag, Blöcke loszulösen und herunterzurollen."

---

[12] Der Teufel der Benahoariten.

„Auf, zieht los für eine halbe Stunde und berichtet mir wieder!" befahl sogleich Crosabio seinen Wächterraben. Sie taten es. Nach einer Weile kamen sie zurück und sagten:

„Das ist völlig unmöglich. Unsere Schnäbel schaffen das nicht. Sieben Raben konnten ein Steinchen, so groß wie ein Hühnerei, loskollern lassen. Aber eine Steinlawine gab es nicht."

„Hör zu, ehrwürdiger Crosabio, all die Tausende von Blöcken und Steinen, die in die Caldera gekollert sind, sind natürlicher Verfall der steilen Wände der Caldera. Und da es so viel regnet über den Versteckbergen, gibt es viele Quellen in der Caldera-Wand. Und die Bäche, die von den Quellen durch die Caldera rauschen, spülen die Steinchen, Gerölle und Blöcke hinab und manche von dort weiter durch die Angustia bis ins Meer hinaus.

Und auf dieselbe Weise ist überhaupt euere Caldera entstanden. Nicht vulkanisch, sondern durch Abrutschen, Abgleiten und Fortspülung des Gesteins am steilen Hang. Sie ist also kein Vulkankessel, sondern ein Bergrutsch- und Bergabbruch-Kessel."

„Das ist ein Geschenk, dass ich das von euch gelernt habe."

„Gern geschehen. Aber viel wichtiger ist, dass ein Zarza-Rabe heute umsonst misshandelt worden ist. Ich schlage vor, ihr besucht die Zarza-Raben, macht das Unrecht wieder gut und schließt mit ihnen ewigen Frieden."

„Ihr drei, könnt ihr uns dabei helfen? Und könnten wir das für morgen verabreden? Heute wird's bald Nacht und ich muss alles überdenken und mir einprägen. Das war ja so viel."

Wir flogen zurück. Die Caldera-Felswände leuchteten im Glanz der Abendsonne, regenbogengeschmückt. Ist schon ein einmalig schöner Fleck auf Erden, dieser riesige Kessel. Auch wir waren überwältigt von den Eindrücken dieses Tages. Wir sangen in unserem Nest noch das Rabenabendlied von gestern Abend und schliefen bald tief und lang unter dem glitzernden palmerischen Sternenhimmel.

Bei den Zarza-Raben

Die Sonne war gerad über die Feuerberge heraufgestiegen, da flogen wir drei schon über die Cumbrecita in die Caldera hinein.

Croguarda 21 begrüßte uns sogleich mit den Worten: „Hab ich doch gestern gewusst, dass ich die wichtigste Funktion habe in der Caldera. Ich war es schließlich, der euch zu Crosabio gebracht hat. Ich war es, der dem Chef wichtige Leute gebracht hat." Das sagte sie fünfmal nacheinander und jedesmal etwas lauter, damit wir nie vergäßen, wie wichtig sie ist.

Vom Idafe-Fels aus flogen wir mit vielen Time-Raben in langer Reihe hinauf über den hohen Steilrand der Caldera und von dort wieder hinab in die Waldhänge von La Zarza. Sogleich floh der erste Zarza-Rabe laut zeternd von uns fort. Die ungerechte Misshandlung seines Genossen gestern steckte den Zarza-Raben noch in den Gliedern.

Doch wir setzten uns alle brav auf einen Felsvorsprung, wippten mit den Flügeln, machten einige Tanzschritte und sangen:

Wir wollen ewig Frieden
auf unsern Rabenweiden;
für alle Zeit beschließen,
dass wir uns nie mehr streiten.

Neugierig, aber vorsichtig schoben sich einige schwarze Rabenköpfe aus dem Zweigendickicht hervor, hielten aber gebührlichen Abstand. Wir sangen unser Friedenslied noch einmal, und schließlich noch einmal. Das schien die Angst der Zarza-Raben zu beschwichtigen. Sie fragten: „Was soll euer Singsang? Gestern habt ihr noch einen von uns misshandelt! Seid ihr die Knechte des bösen Iruene, die freundliche Gesichter machen, um uns in euere Falle zu locken?"

Crosabio ergriff das Wort: „Nein wir sind nicht Knechte des Iruene. Wir kommen als reuige Time-Raben zu euch und möchten, dass die Time mit den Zarza nun ewigen Frieden schließen." Dann bat er Crine, alles zu erläutern, was gestern gesprochen wurde.

Crine sagte, dass die Time-Raben nun seit 525 Jahren, seit die Spanier die Benahoariten angegriffen haben, in der Angst lebten, dass ihre Caldera angegriffen würde. Sie hielten alle Steinlawinen für Angriffe der Zarza gegen die Time. Aber alle Steinlawinen seien natürliche Erosionsvorgänge bei Sturm und Regen und Hitze-Kälte-Wechsel gewesen.

„Oh Abora![13]", sagte Crozarza[14], der älteste der Zarza-Raben, „warum mussten bloß so viele Zarzas sinnlos leiden."

Und er fuhr fort: „Diese sinnlose Angst der Time-Raben, dass ihnen etwas angetan würde und Raben umgebracht würden, ist schon viel älter als zu Zeiten von Tanausu. Die alten Inselvölker der Benahoariten liebten die Raben. Aber auch damals wurden schon Raben aus unerklärlichen Gründen getötet. So haben die Ureinwohner für jeden misshandelten oder getöteten Raben eine Spirale in Stein gemeißelt. Solche Spiralen kann man auf der ganzen Insel finden. Besonders viele gibt es davon hier bei La Zarza."

„Sagtest du eben getötet?", fragte Crosabio.

„Ja, der von euch Misshandelte ist an seinen Verletzungen und der Angst vor dem Iruene gestorben."

„Was bedeutet die Spirale eigentlich?", fragte Crine.

---

[13] Abora ist der gute Gott der Benahoariten.
[14] wird „Crosarsa" gesprochen

„Ich denke", antwortete Crozarza, „die Gedanken der Menschen winden sich immer um das gleiche Zentrum. Man kommt nie auf die Idee, dass das, was man gedanklich verfolgt, auch ganz anders gewesen sein könnte. Man bleibt also immer im selben Irrtum verhaftet. So bewegt sich die Spirallinie immer um ein und dasselbe Zentrum. — Darauf machten die gelehrten Benahoariten aufmerksam, wenn sie so etwas erlebt haben."

„Ich habe kürzlich von einer Frau gehört, die eine Gruppe Urlauber geführt hat", warf Cuervo ein, „diese Steine heißen Tara und das bedeutet Erinnerungssteine."

„Ach, die Menschen haben ihre Ideen und die Raben ihre eigenen. Lasst einem jeden seine Vorstellung. Das ist eine alte Rabenweisheit. Einen Beweis für die Idee der Spiralen im Stein gibt es ja nicht."

Er setzte hinzu: „Wir sollten die Menschen bitten, für den gestern von euch Getöteten auch eine Spirale zu meißeln. Denn auch er ist ja das Ergebnis eines jahrhundertelangen Irrtums der Time-Raben, der sich hartnäckig hielt."

Da meinte Crine: „Einmal können wir das den Menschen nicht klarmachen; sie kennen ja die Geschichte der Time und Zarza nicht. Und wenn wir einen Künstler fänden, so sähe er keinen Sinn darin, irgendwo in der Natur seine Kunst zu hinterlassen. Die Künstler möchten ihre Kunst verkaufen und bieten sie daher in Häusern an und nicht in wilder Natur."

„So bleibt uns nur", bemerkte nachdenklich der Rabenkönig Crozarza, „dass wir uns vermehren und mit uns selber die Natur verzieren."

„Das hast du gut gesagt", lobte ich ihn freundlich.

Alle Raben schwiegen, wie es kluge Raben tun. Aber sie zeigten ihre Rührung über das Erlebte durch gegenseitiges Schnäbeln und freudiges Heben der Flügel.

Crosabio erhob als erster wieder seine Stimme: „Crozarza, du siehst ein bisschen anders aus als wir. Du hast so einen schönen blassweißen Kragen um deinen Kopf, besonders an der Kehle. Wie kommt das?".

„Das hast du richtig beobachtet", meinte Crozarza stolz. „Vor vielen Jahren hat ein Mensch auf einem Schiff aus Nordamerika meinen Ur-ur-ur-Großvater auf die Insel hierher mitgebracht. Von dem hab ich das Aussehen geerbt. Die Raben in Nordamerika sehen eben etwas anders aus als die palmerischen Raben."

„Das steht dir aber sehr gut und sieht so feierlich aus", meinte Crosabio. Dieses Kompliment schmeichelte den guten Crozarza und bestärkte seinen Glauben an den Rabenfrieden.

„Wir sollten diesen Augenblick feierlich begehen", schlug Crosabio vor.

„Mit Rabensekt?" fragte Crine.

„Crine, hast du immer noch nicht das Rabenleben verstanden!", rief Cuervo, „wir feiern still — eben feierlich."

Bläulicher Basalt und rote und gelbe Tuffe des Taburiente-Vul-
kans — blaugelbes Gemach der Time-Raben am Rand der
Caldera Taburiente

Crosabio lud alle ein, ihm in sein blaugelbes Gemach zu folgen, das oben auf dem Rand der Caldera Taburiente liegt.
„Seht,", sprach er, „das haben uns die Benahoariten so wunderschön bemalt hinterlassen. Oder? — — — Crine und Crindo
würden vielleicht sagen, das sind Farben der Natur. Was denkt
ihr beide?"

„Crosabio, du hast schon viel dazugelernt, bravo!", lobten
wir ihn. „Das ist Naturwerk. Sie kann die schönsten Farben zau-
bern."

Naturmosaik im Barranco de Las Angustias: Untermeeri-
sche zerstückelte Vulkanite mit Gesteinsfetzen von grüner
Farbe, durch die Minerale Chlorit und Epidot gefärbt, und
roter Farbe, durch das Mineral Hämatit .gefärbt —

„Ja, das weiß ich, dass die Natur das kann. Denn ich habe im
Barranco Angustias noch einen Platz ganz aus Mosaik, grün und
rot. Das ist natürlich entstanden. Denn es ziert alle Wände der
Angustias in allen Winkeln und Ecken. Das ist unsere Diele, der
Eingang zu unserem Großen Versteck. Und die Palmeros ha-
ben diesen schönen Eingang
nachzubauen versucht und in
ihren Städten noch viel mehr
Mosaike angebracht, in Los
Llanos, in Tazacorte und Las
Manchas (Bild).

Seht, unser blaugelbes Gemach hier oben ist einer der

feierlichen Time-Plätze. Nun schweigen wir und genießen die Farben und den großartigen heutigen Tag."

Nach einer Weile trennten sich die Time- von den Zarza-Raben und flogen still zu ihrem Taburiente-Kessel zurück.

Eine Rabenidee

„Euch drei Tamanca-Raben", sagte Crosabio, „habe ich viel, viel zu verdanken, vor allem den Frieden mit den Zarzas."

„Verzeih, verehrter Crosabio, aber das ist mein Verdienst", meldete sich eine hohe Stimme aus dem Hintergrund, „schließlich habe *ich* dir die drei gebracht, oder wer sonst?"

„Verschwinde, und flieg auf deinen Platz, Croguarda 21, schweig und tu dort still deinen Dienst" sagte Crosabio ruhig, aber streng, „sonst mach ich dich zum unwichtigsten Raben der Time und du darfst die Gräser in der Caldera zählen."

„Neiiiin, bitte niiiicht, ich flieg ja schon", keuchte Croguarda 21 und jagte rasch hinauf zur Cumbrecita zu ihrem Wächterplatz.

Bald glättete sich die Miene des Rabenkönigs und er sagte genüsslich: „Wisst ihr drei, ihr gefallt mir, ich habe eine Idee. Die kann ich aber nur Crine alleine sagen. Sie weiß so viel und hat ein gutes Wesen. Komm mal mit mir zum Idafe-Fels. Ihr andern beiden könnt euch in der Caldera umschauen.

„Crine, ich glaube, ich bin ein bisschen in dich verliebt. Ich würde mir wünschen, Rabenkinder mit dir zu haben — Rabenkinder vom König der Time-Raben und einer so klugen Räbin wie dir. Das gäbe doch ganz besondere Time-Vögel. Unsere Time-Sippe würde die schlaueste und großartigste Rabensippe auf der Insel darstellen. Und du würdest für ewige Zeiten die Urmutter dieser Rabensippe sein."

Crine wurde verlegen: „Crosabio, das ist schwierig. Einmal gehöre ich ja zu Crindo. Zum zweiten möchte und müsste ich ja dann die Rabenkinder aufziehen, einige Wochen."

„Crine, weißt du was, ich verstehe dich völlig. Aber wir Time-Raben halten das nicht so streng. Wir sind wohl unserem Partner treu, wie ihr Tamanca-Raben, aber Kinder aufziehen kann die ganze Time-Sippe. Das haben wir immer so gemacht. Und wenn wir Crindo den tollen Plan erklären, wird er sicher einverstanden sein. Er kann ja auch stolz sein, denn er gehört dann auch zu der neuen Rabensippe. Wichtig ist erst einmal, dass *du* einverstanden bist, mit mir Rabenkinder zu haben. Bist du, ja?" — — Nach einer stillen Pause ergänzte er: „Warte, wir diskutieren das gemeinsam mit Crindo und Cuervo."

Crosabio war von seiner Idee wie besessen. Und Crines Zurückhaltung gefiel ihm auch. Immerhin hatte sie nicht heftig protestiert. Er sah im Geist schon die Gruppe seiner Rabenkinder um den Idafe-Fels hüpfen. Idafe-Raben sollte dann die neue Sippe heißen.

„Meinst du nicht, Crosabio", bemerkte Crine nach einigem Nachdenken, „dass dann die Time-Rabensippe auf die Idafe-Sippe eifersüchtig reagieren würde? Die Idafe-Raben wären ja in deinen Augen etwas Besonderes, etwas Besseres gegenüber den einfacheren Time-Raben. Das gibt doch bestimmt Ärger."

„Ja, da hast du recht. Wir müssten dann die Caldera in zwei Gebiete aufteilen."

„Und dann gibt es Krieg zwischen beiden Gruppen", mahnte Crine.

„So eine Aufteilung der Caldera hat übrigens schon einmal jemand versucht — vor unserer Zeit, wahrscheinlich die Benahoariten", sagte Crosabio gewichtig.

„Woher willst du das wissen? Es war doch vor eurer Zeit."

„Die Wände der Aufteilung kann man noch sehen. Die müssen die Benahoariten gemacht haben. Sogar Doppelwände sind noch erhalten. Wollen wir sie uns ansehen, Crine?"

„Ja, das sollten wir aber gemeinsam mit den andern beiden machen."

„Nein, komm, Crine, das können wir allein. Die andern beiden können sich mit der Caldera beschäftigen. Wir fliegen jetzt zu den Wänden. Man kann sie eigentlich überall sehen, besonders schön aber bei den Paretes de Roberto."

„Ist das weit?"

„Zu Fuß vier Stunden, aber zu Flug vier Minuten. Das wissen wir doch, das ist der Vorteil unseres Rabenlebens."

Sie flogen hinauf bis dicht unter den höchsten Rand der Caldera nahe beim Muchachos.

„Sieh, da ragen sie heraus, die Doppelwände, die einst die Caldera unterteilen sollten."

*Paretes de Roberto: Durch Erosion freigelegte vulkanische Gangfül-
lungen in der Caldera Taburiente — die „Trennwände" des Crosabio.*

„Verzeih, Crosabio, das ist nicht Menschenwerk, das ist Naturwerk."

„So etwas macht die Natur? Da hat also die Natur den Menschen nachgeahmt und Mauern gezogen, sogar Doppelwände.
Vielleicht weil es so kalt war? Irgendwann einmal hab ich gehört, dass es eine Eiszeit gab."

„Crosabio, jetzt hör mir mal schön zu, ehe du die Erdge-
schichte völlig durcheinander würfelst. Du hast irgendwas gehört. Das steckst du alles in einen Sack und mischt es darin
durcheinander, so wie die Menschen Lose mischen.

La Palma ist doch komplett aus einer Reihe von Vulkanen
aufgebaut. Die liegen nicht nur nebeneinander, sondern durch-
dringen sich auch gegenseitig. Vulkanismus heißt, dass feuer-
flüssiges Gestein des Erdinneren aufsteigt. Langsamer Aufstieg

erzeugt einen Lavaausfluss, heftiger Aufstieg einen explosiven Ausbruch. Bei diesen Explosionen kann der Vulkan im Inneren zerreißen. Aufdringende Lava kann diese oft schmalen Risse ausfüllen. Die Menschen sagen dazu Gang. Ein Gang ist also eine Spaltenausfüllung. Die kann zufällig so dünn sein, dass sie wie eine Wand aussieht."

„Jetzt verstehe ich. Das hast du gut erklärt, Crine. Erst war der Vulkanbau da. Dann zerriss er bei einer Explosion. Darauf wurden die Risse ausgefüllt. Sie zogen sich früher durch den ganzen Vulkan. Aber dadurch, dass der Taburiente-Kessel ausgeräumt wurde, sind die Gänge nur am Rande des Kessels noch sichtbar. Im Kessel selber sind sie abgetragen durch Erosion, wie ihr mir das gestern erklärt habt."

Dann dachte er ein wenig und fuhr fort: „Aber warum heben sie sich so einsam als Wand heraus?"

„Das ist nur manchmal so. Und zwar dann, wenn das Gestein, das an die Gänge angrenzt, lockerer oder weicher ist wie das härtere Gestein der Gänge selbst. Dann bröckelt die lockere Umgebung ab und die harten Gänge bleiben als Wände stehen und erscheinen dir wie menschliche Wandreste."

„Das ist eine tolle Erklärung. Jetzt beginne ich, mein Reich, die Caldera Taburiente, viel besser zu verstehen."

Sie waren inzwischen bei Cuervo und mir angekommen. Crosabio stellte seinen Plan über die Idafe-Rabensippe vorsichtig vor. Aber er konnte nicht verhehlen, dass er sehr stolz auf seinen Plan war. Er machte deutlich klar, dass Crine für die Aufzucht ihrer Kinder bald wieder entbehrlich sein würde und Freiheit für ihr Leben mit Crindo haben würde. Bei diesem letzten

Satz glänzten seine Augen und er blickte Crine lange und tief an.

„Was meinst du, Crindo", sagte Crosabio, „zu meiner Idee. Du bist ja Hauptbetroffener……"

„…… halt mal", warf Cuervo ein, „halt — ehe ihr weiterredet und verrückte Rabenideen spinnt. Das geht alles nicht. Ich habe Crosabio noch gar nicht erzählt, dass Crine und Crindo einmal Menschen waren, die zu Raben verwandelt wurden. Solche Raben können sich nicht fortpflanzen, also keine Rabenkinder kriegen, weder miteinander, noch mit echten Raben. Das weiß ich ganz genau. Das ist genetisch, also von Natur aus, nicht möglich."

Puuuh — da sank Crosabio in sich zusammen. „Meine tolle Idee! Hier, du Wind, ich übergebe sie dir, trage sie fort, weit hinaus auf das Meer — — und bring sie mir nie mehr zurück."

An diesem Tag versank die Sonne im Meer ganz besonders rot und alle Raben gingen glücklich zu Bett beziehungsweise zu Nest.

Maulbeerkuchen 3

Als Cuervo am nächsten Morgen erwachte, hatte er ein seltsames Verlangen in Kehle und Magen, schnappte sich Crine:

„Wie wär es, wenn Crindo auf das 14 Uhr-Angebot eingehen würde?"

Crine wusste sofort, was Cuervo meinte: „Ich denke nur, unter den vielen Leuten kann einem Raben doch leicht etwas zustoßen.....aber das 14 Uhr-Angebot hat den Vorteil, dass wir keine Münzen mehr holen müssen." Sie sprach mit mir. Ich wollte natürlich Cuervo gerne die Freude bereiten, überlegte nicht lange, und startete, als Mittag vorbei war, wieder Richtung El Paso mit der weißen Tragetüte, mit ihrem Henkel im Schnabel — und ließ einen glücklichen Cuervo zurück.

Hmmmm....14 Uhr muss ich pünktlich einhalten. Komm ich zu früh, ist der Laden noch voll, komm ich zu spät, ist er schon abgeschlossen. Zum Glück weiß ich, dass der Turm der Kirche "Zur unbefleckten Empfängnis" vier Uhren hat. So setzte ich mich auf das grüne Dach des HiperDino. Von da aus konnte ich die Uhrzeiger genau sehen. Ich hatte noch sieben Minuten Zeit bis 14 Uhr. Ich freute mich schon darauf, die Bäckerin Martina wieder zu sehen und dass sie mich erkennen und genau wissen würde, dass ich einen Maulbeerkuchen will. Hoffentlich ist noch einer übrig. Wenn nicht, dann würde ich mir den Waldbeerkuchen wünschen, den sie auch oft hat. Den liebt Cuervo sicher auch.

Jetzt war der Zeiger auf 14 Uhr und die Glocke schlug bedächtig. Ich schoss hinab hinter die Fußgängerampel auf das Trottoir vor Martinas Laden. Zu meinem Schrecken stand vor der Tür genau derselbe große Mann, der mich das letzte Mal ergreifen wollte und den ich in die Hand gehackt hatte. Er erkannte mich auch sofort und schrie: „Ihhhh, da kommt der gefährliche Kerl wieder, der mich angegriffen und so verletzt hat." Dabei machte er schnell einen großen Satz zur Seite, rempelte eine Frau um, die schreiend auf die Straße taumelte und gegen ein vorbeifahrendes Auto fiel. Dabei wurde die Frau zu Boden gerissen.

Nun ging alles ganz schnell. Passanten ergriffen mich, hielten mich fest. Ich hielt ganz still. Andere riefen die Polizei, die schon gleich da war, und andere holten einen Krankenwagen für die gestürzte Frau. Die Polizei verhörte den Mann, weshalb er die Frau auf die Straße gestoßen hatte. Viele Menschen versammelten sich, die das Ganze beobachtet hatten und redeten auf den großen Mann und die Polizei ein. Der Krankenwagen kam und transportierte die gestürzte Frau ab.

„Der dicke Kerl hätte doch wegen dem kleinen Vogel nicht so verrückt reagieren müssen!", sagte ein Passant. „Dat is en aggressiver Vogel, der hat mich schon mal angegriffen!", schrie der Schrankgroße. Andere Passanten übersetzten das der Polizei. Eine Frau meinte: „Das ist ein so schöner Vogel, der kann nichts dafür."

„Der ist völlig ruhig und nicht aggressiv", sagten die beiden Männer, die mich festhielten. „Wem gehört dieser Cuervo", fragte ein Polizist. „Keine Ahnung", antworteten die Passanten. Schon kam ein zweites Polizeiauto. Ein Polizist hatte einen Käfig in der Hand, ging zu den Leuten, die mich hielten, und bat sie, mich in den Käfig zu schieben. Klack, war der Riegel davor.

— — —

Sie fuhren mich zu einem Haus, wo ich in einen Raum zusammen mit Katzen und Hunden gestellt wurde, die auch alle in Käfigen saßen. Vielleicht ein Tierheim, dachte ich. Wo meine Tüte mit Henkel geblieben war, wusste ich nicht.

Da hockte ich nun eingesperrt, und längst schon hätte ich wieder bei Cuervo und Crine zurück sein müssen mit dem schönsten Kuchen.

Erstens kommt es anders,
zweitens als man denkt,
denn da ist noch einer,
der von oben lenkt…

dachte ich wieder einmal, und weiß das schon von meinem ganzen Leben, dass Vieles anders läuft, als man es sich ausgedacht hat. Da braucht man das, was Raben und Menschen gemeinsam haben: Geduld, viel Geduld. Wenn man als Mensch warten muss, kann man etwas aufschreiben. Jetzt als Rabe kann ich in Ruhe nacherleben, was ich erlebt habe, um mir alles genau einzuprägen. Den Hunden und Katzen in ihren Käfigen nebenan kann ich ja nichts erzählen. Also denke ich mit mir selbst. Das ist gute Rabenart.

Da trat ein kräftig gebauter Mann in den Raum, der brachte jedem Tier Futter und Wasser. Er guckte mich an: „Was frisst denn du?" Ich drehte meinen Kopf weg. Er sagte: „Na, du brauchst doch auch etwas." Ich drehte den Kopf zur anderen Seite und wollte nichts. Er schob mir etwas in den Käfig. Aber ich rührte nichts an. Ich dachte nur an Crine und Cuervo und wollte nichts als raus. So blieb mir das Denken und Nacherleben einen Nachmittag und erst mal eine lange Nacht.

Am andern Morgen kam der Futtermann wieder mit einem kleinen, hageren Mann. Der sagte: „Es hat sich kein Besitzer für den Raben gemeldet, was machen wir?" Der Kräftige meinte: „Er frisst nichts, das ist für wilde Tiere, die gewohnt sind, in Freiheit zu leben, typisch." „Auch für Menschen", sagte der Hagere, „denk an Tanausu. Als der in Gefangenschaft auf dem Schiff fort transportiert wurde, so wird überliefert, habe er sich geweigert zu essen und zu trinken, bis er starb."

„Das sind die ehrbaren Palmeros, und dazu wird auch der Rabe gehören. Lassen wir ihn doch frei." Dann fragten sie mich: „Willst du hier gleich aus dem Fenster?"

Jetzt rührte ich mich, tänzelte, wippte mit den Flügeln, hob den Schnabel und sagte „kroahhh". „Oder sollen wir dich irgendwo hinausfahren?" Ich drehte den Kopf zur Seite. Da lachten die beiden. „Der Kerl hat uns sehr wohl verstanden, der ist wirklich klug."

„Wie er bloß vor den Laden von Martina gekommen ist? — Das werden wir nie erfahren."

„Wir könnten sie ja einmal anrufen, ob sie von dem Raben etwas weiß", meinte der Hagere. Sie verschwanden. Erst nach einer Weile kamen sie wieder.

„Woher Martina den Vogel wohl kennt? — Der hat bei ihr schon eingekauft."

„He??? Schon eingekauft?, der Vogel?"

„Ja, das hat sie gesagt."

„Wie ist das möglich?"

„Mehr sagte sie nicht, sie hatte viel Kundschaft. Sie sagte nur, wir sollten ihn freilassen. Er ist ein guter Kerl und gehört sicher irgendwelchen Leuten, die ihn jetzt vermissen."

„Ja, hätt' ich sowieso vorgeschlagen."

„Also, auf mit ihm. — Komm, hinaus in die Freiheit mit dir, du schwarze Schönheit!" Mit diesen Worten öffnete er den Käfig, und die beiden traten zur Seite.

Ich spazierte stolz Richtung Fenster, hüpfte behend auf das Fensterbrett und hob sofort ab hinauf Richtung Feuerberge.

Eine halbe Stunde später landete ich in unserem Nest bei Crine und Cuervo. —

Rabenherzklopfen. Freudige Schnäbelbegrüßung. „Ach, wir hatten ja so Angst um dich", sagte Crine, und Cuervo ergänzte beschwörend:

„Ich schwor mir, nie mehr vom Maulbeerkuchen zu schwärmen. Das ganze Leben lang habe ich ohne ihn ausgehalten, jetzt kann ich auch weiter ohne ihn leben. Was war ich dumm, sinnlose und dazu noch gefährliche Wünsche zu haben. Aber erzähl bitte ganz genau!"

Das tat ich in allen Einzelheiten. Die drei anderen lauschten rabenstill und gespannt und ließen mich nicht aus den Augen.

„Diese Geschichte werden wir unseren Rabenfreunden und Kindern erzählen und niemals vergessen", sagte Cuervo besorgt und zugleich genüsslich.

„Was wohl der Frau passiert ist, die an das Auto kam?", fragte Cuerva.

„Das werden wir später erfahren, wenn wir in einem Ort den Leuten zuhören. Die erzählen sich doch nichts lieber als Katasträphchen", meinte Cuervo.

„Huuuh, mich schauderts, wenn ich an den Käfig denke", klagte Cuervo, "ich bin so froh, dass du wieder hier bist."

„Hattest du keine Angst", fragte Crine.

„Eigentlich nicht, dazu hatte ich keine Zeit, denn ich überlegte nur, wie ich mich am besten verhalten müsse, um wieder freizukommen. Zum Glück essen Menschen keine Raben. Aber vielleicht hätte es jemanden gegeben, der einen ausgestopften Raben haben wollte."

„Jetzt haben wir gut scherzen, wo alles gut gegangen ist", sagte Cuervo mit fürsorglicher Miene. — Ich muss euch was Neues erzählen. Cuerva hat mir mitgeteilt, dass sie spürt, dass bald Eier auf dem Wege sind."

„Hei, ihr beiden Cuervos!", riefen Crine und ich, „das ist ja toll. Herzlichen Glückwunsch!", und Crine meinte: „Die Menschen würden jetzt eine Flasche Sekt aufmachen."

„Ja, und dann hättet ihr wieder Abfall, den riesige Autos abholen müssten. Am Meeresufer schwimmen auch etliche Sektflaschen. — Aber noch sind die Eier ja nicht gelegt."

„Du hast recht, Cuervo", sagte ich: „Das Huhn gackert erst, wenn die Eier gelegt sind, und die Raben und Menschen sollten desgleichen tun. Aber lasst euch wenigstens auf Rabenart mit Flügeln herzen." Wir taten es ausgiebig.

„Das heißt aber auch, unsere gemeinsame Zeit geht zu Ende. Ihr braucht jetzt euer Nest für euch allein", sagte ich mit leisem Bedauern, aber auch mit Einsicht.

„Ja, leider", beteuerte Cuervo, „und ich hätte keine Zeit mehr für euch, denn ich muss Cuerva füttern, wenn sie brütet, oder mich beim Brüten mit ihr abwechseln."

„So werden wir beide, Crine und ich, vorerst alleine weiter dahinraben auf der Insel."

Cuervo blickte sie lange an und sagte vorsichtig: „Ich warte schon lange auf euere Frage, ob ich euch eigentlich wieder zu Menschen rückverwandeln kann. Denn ich denke, das wollt ihr doch. Ich kann mir vorstellen, ihr hattet geradezu Angst davor, dass das nicht ginge."

„Da habe ich erst mal nicht dran gedacht — vor lauter Verrabungsbegeisterung. Aber im Käfig kam mir der Gedanke. Ich war mir sicher, dass du auch unseren Entrabungsweg kennen würdest. Aber ich wusste auch, dass wir dich dazu brauchen. Und im Käfig wäre das unmöglich gewesen."

„Da hast du mehr als recht. Wir hätten dich ja auch gar nicht gefunden, Crindo. Das ist ein Wunder, dass das alles gut ging. Nun machen wir drei uns auf. —— ——

Cuervo berät sich mit Cuerva

Seht ihr, als Raben braucht ihr beim Abschied nichts einzu-
packen. Ihr setzt euch mit mir auf den Nestrand und husch sind
wir in der Luft."

Ein herzlicher langer Schnabelabschied von Cuerva: „Viel
Spaß mit eueren Jungen!" „Salvete! Bleibt gesund!" rief sie, nach
Art der Römer.

Dann hoben wir ab, hinüber und hinab zu der kleinen Vulkanhöhle, wo unsere Rucksäcke gut versteckt standen.

„Lasst mich kurz allein", sagte Cuervo, und für uns war klar, dass wir ihn nicht fragten, wie er die Entrabung, unsere Rückverwandlung zu Menschen, bewerkstelligen würde. Das war bestimmt sein großes Geheimnis.

Er brachte wieder ein Büschelchen Kräuter, zuerst für Crine, dann für mich, die wir hinunterwürgen sollten. — — —

Unsere Leiber blähten sich auf, der Schnabel zog sich zurück, die Krallen wurden zu Zehen. Alles war so aufregend, dass wir auf den Partner nicht achten konnten.

Schließlich rückvermenscht, fielen wir uns um den Hals und verharrten so eine Weile. „Jetzt sind wir wieder Sine und Guindo", strahlte Sine. Dann sahen wir uns um: Wo war Cuervo? Dank, Abschied? Er war weg. Wir riefen unser nun menschliches Kroaaah! Cuuuuerrrrvooooo! Kroooah! Dann sahen wir ihn oben bei den ersten Kiefern sitzen. Er rief nochmal laut krooooah — und verschwand im Wald.

Da standen wir nun, setzten unsere Rucksäcke auf den Rücken. Foto, Anoraks, alles war noch da. Jetzt brauchten wir wieder unseren ganzen Menschenkram, ohne den wir nicht leben können. „Es ist schon begeisternd, so ein einfaches Rabenleben", sagte ich zu Sine. „Gut, dass er sich zum Abschied noch einmal sehen ließ."

Irgendwo stand ja auch unser Auto. Es dauerte, bis wir ins Menschenleben zurückfanden.

Am nächsten Tag waren wir bei La Tarta, kauften einen Maulbeerkuchen und fragten Martina, was aus der Frau geworden ist, die neulich vor ihrem Laden von einem Auto angefahren wurde. „Ach, die hatte nur ein paar Schürfwunden. Mehr Schreck als Weh."

Als sie uns den Kuchen in Papier eingepackt überreichte, sah ich, dass in einer Ecke des Ladentischs die leicht verknickte weiße Tüte mit den Henkeln lag, die ich im Schnabel getragen hatte. Offenbar hatte ich die bei der Aufregung vor dem Geschäft verloren, Martina hatte sie erkannt und hebt sie wohl für den Raben noch auf. Wir schwiegen über unser Geheimnis. Ich lächelte glücklich in mich hinein. Es war ein wunderbares Erlebnis.

Wenig später kauerten wir uns in der kleinen Vulkanhöhle nieder, legten eine neue kleine Tüte mit Henkeln dort hin, wo unsere Rucksäcke verstaut waren. Drinnen lag ein Stück Maulbeerkuchen von Martina ohne Papierhülle. Wir waren uns sicher, dass Cuervo uns schon gesehen hat. Beobachtet er doch jeden Tag all seine heimlichen Verstecke, damit er sie sich alle merken kann.

* * *

„Ein Glück, dass der Kalíma den Flieger festgehalten hat. So hab ich La Palma noch nicht erlebt", sagte Marton, als ob er aus einem Traum aufwachte. „Da muss ich wohl wieder zurückkommen. Ich war bisher nur am Meer ums Hotel und in den Städten und nicht, wie ihr beide, in der Einsamkeit."

„Das solltest du wirklich, Marton", schwärmte Sine, „das lohnt sich immer. Aber nun, meine Lieben, müssen wir zurück zum Terminal. Aus — der Traum."

Kommt wieder !

Nachwort

Bei unserem ersten Aufenthalt 2015 auf La Palma hatten wir längere, lustige Rabenbegegnungen. Beim 2. Aufenthalt 2016 gab es neue und ich schrieb den Rohtext dieses Buches in den drei Wochen des Aufenthaltes. Letzte Bilder fügte ich 2017 dazu. Es ist dies – außer einem Gedichtband – mein erstes belletristisches Buch. Ansonsten schreibe ich wissenschaftlich geologisch.

Aus der Kombination von Fantasie-Roman und Novelle gefiel es mir, den Begriff Fantaselle zu bilden.

Martina Siegert danke ich für ihr Einverständnis, in der Fantaselle mitzuwirken.

Für Ratschläge und Korrekturen zum Text danke ich Jule Eder, Edith Weinrich; ferner meinen Enkeln Leo und Tim, während ich ihnen das Manuskript vorlas; besonders aber Uschi, meiner Frau.

Für geduldige Hilfe bei meinen Fragen zur Erstellung des Drucksatzes und Layouts danke ich den freundlichen Mitarbeiterinnen von tredition und Frau Angelika Fleckenstein.

Um der Wissenschaft Genüge zu tun, folgende Angaben:

Einige Rabenfotos stammen nicht von palmerischen Raben: Bilder S. 12 und 89 und 92 sind Raben in Arizona (2017). Bild S. 31 oben ist ein Rabe in Colorado (2017). Bild S. 43 ist ein Rabe in Utah (2017). Alle anderen Rabenfotos stammen von La Palma.

Bild S. 23 hat seine genaue Lage am Pico de la Nieve (2239 m) /La Palma. — Die Lage der übrigen Fotos sind jeweils in den Unterschriften angegeben.

Die Abgrenzung der Benahoariten-Stämme auf der letzten Seite hat eine Karte im Museo Arqueológico Benahoarita in Los Llanos zum Vorbild.

Für weiterführendes Interesse an der Geologie von La Palma empfehle ich das Buch von J. C. Carracedo (2008): Los Volcanes de las Islas Canarias. Canarian vulcanos, IV. La Palma, La Gomera, El Hierro, für Interesse an den Benahoariten das Buch von Harald Braem (2008): Auf den Spuren der Ureinwohner. Ein archäologischer Reiseführer für die Kanaren, Zech-Verlag.

*   *   *

Hola, Cuervo !

Salve, Flyolix !

Flyolix, warum kommst du erst am Ende des Buches?
Weil Wolfgang mich, sein Maskottchen, nicht an der Geschichte beteiligte. Aber irgendwo darf ich immer auftauchen, wie hier.

Wolfgang Schirmer, geboren 1938 in Amberg/Bayern, lebte in der Oberpfalz, in Franken, am längsten im Rheinland, jetzt, seit Ende der Berufszeit, in Wolkenstein in der Fränkischen Schweiz. Er studierte und lehrte Geologie, zuletzt an der Universität Düsseldorf. Er schreibt seit 55 Jahren wissenschaftliche Texte, liebte daneben immer das phantasiegetragene Leben. Beiden, der Erde und den Menschen, gehört sein Herz. Die Menschen dafür zu begeistern, die Sprache der Erde zu verstehen, ist sein größtes Anliegen. Musik, Zeichnen und Dichtung begleiten ihn dabei. Wolfgang Schirmer ist verheiratet, hat drei Kinder und zwei Enkel. 2016 erschien sein Gedichtband „Wegewarte" ebenfalls im Verlag tredition. Die vorliegende Fantaselle ist 2016 während eines Reiseaufenthaltes auf La Palma entstanden.

Tagalgen

La Zarza ●

Tagaragra

Adelyajamen

Tijarafe

Aceró

Tenagua

Aridane

Tihuya

Tamanca

Tedote

Ahen-
guarame

Tigalate

10 km

*Stämme der
Benahoariten*

Zeitfracht Medien GmbH
Ferdinand-Jühlke-Straße 7
99095 Erfurt, Deutschland
produktsicherheit@kolibri360.de